全民微阅读系列

你的秘密我知道

彭明凯 著

江西高校出版社

图书在版编目(CIP)数据

你的秘密我知道/彭明凯著. —南昌:江西高校出版社,2017.9(2020.2重印)

(全民微阅读系列)

ISBN 978-7-5493-6067-3

Ⅰ.①你… Ⅱ.①彭… Ⅲ.①小小说—小说集—中国—当代 Ⅳ.①I247.82

中国版本图书馆 CIP 数据核字(2017)第 225558 号

出版发行	江西高校出版社
社　　址	江西省南昌市洪都北大道96号
总编室电话	(0791)88504319
销售电话	(0791)88592590
网　　址	www.juacp.com
印　　刷	永清县晔盛亚胶印有限公司
经　　销	全国新华书店
开　　本	700mm×1000mm　1/16
印　　张	14
字　　数	180千字
版　　次	2017年10月第1版 2020年2月第2次印刷
书　　号	ISBN 978-7-5493-6067-3
定　　价	36.00元

赣版权登字-07-2017-1172

版权所有　侵权必究

图书若有印装问题,请随时向本社印制部(0791-88513257)退换

目录 / CONTENTS

第一辑　入木三分

村主任赴宴　/002

神医王老三　/005

你的秘密我知道　/007

意外收获　/011

差错　/013

救人　/015

乡下的鬼老头　/017

一张假币　/019

成全名人　/021

杨局长认干爹　/023

我不是你爸　/026

探官心魔镜　/030

吃错宴席　/033

吵架　/034

求签　/036

A厂长的为官之道　/037

送礼　/038

赚钱之道　/040

爱咖啡的表弟　/042

王局长打电话　/043

小偷的绝招　/044

编辑上当　/045

我成作家了　/046

孝子　/048

第二辑　浓情款款

男人和女人的童话　/053

文盲丈夫　/055

室友赔饭　/057

撕掉的是哪本书　/060

幸福就是和相爱的人一起变老　/063

一瓶洋酒　/065

阴差阳错　/067

爱在灯火阑珊处　/070

突然袭击　/072

代沟　/074

儿子的感激　/076

警察老婆　/078

一个男人的隐私　/081

一条褪色的裤子　/086

桃花梦　/087

第三辑　哭笑不得

与女生共浴　/092

认错了女友　/094

行贿　/096

报复叫花子　/097

告密　/099

火车上的打工妹　/101

约会　/103

黄婆婆的怪招　　　/106

做了一回城里人　　　/110

不够格　　/112

失误的收获　　/113

买二手房　　/115

假古董的遭遇　　/117

三十年的怀想　　/120

老爸不中用　　/122

邮局取稿费记　　/124

咋不早说　　/126

谣言是怎么来的　　/127

第一个头戴帽子的女生　　/128

在劫难逃　　/130

"偷"来的恋情　　/133

捉奸　　/136

激情只在QQ上　　/139

第四辑　意味深长

追小偷　　/144

捡了一部手机　　/146

老妈收到一张假钞　　/149

富翁与叫花子　　/151

信任　　/154

奇怪的保姆　　/157

优秀班成绩展示板　　/159

陪妻上街买　/162

失物招领启事　/164

意料之外　/166

女人啊,女人　/168

谁的错　/170

美丽的春光　/172

儿时的朋友　/174

有关责任问题的问题　/177

保佑　/179

糖的滋味　/182

同名　/184

拜错山头　/186

拾垃圾的富翁　/188

纯属意外　/190

补课　/192

哭泣的头发　/194

被学生"骗"了　/197

幸？不幸？　/200

改选班干部　/202

王刚的冤案　/206

到市政府家属院拍照　/208

签名售书　/211

田老汉的家庭会　/213

王老师治病　/216

第一辑

入木三分

村主任赴宴

镇长五十大寿,要在镇上酒家大宴宾客。

一大早,村里的杨主任就开始收拾打扮,准备赴宴。不久前,镇长曾在全镇村干部会上说过这样的话:当今时代就是要显阔摆富,只有阔了富了才能显示一个地方的经济发达了,就拿我今年的五十岁生日宴会来说吧,就是要在全镇最高档的洪湖水酒家来办,就是要显显我们镇的阔。到时欢迎大家给我捧捧场,当然我不希望大家给我送这送那。廉政建设嘛,还是要抓的。不过我希望大家来的那天一定要打扮得像模像样,因为县里和其他一些地方的领导也要来,不能让别人看到我们的寒酸相……

这话当然是镇长在开会过程中顺口而说的,但仍引起了杨主任的高度重视。杨主任毕竟当了多年村主任,这点儿觉悟咋能没有?

杨主任所在的村是全镇最偏远的一个山村,也是最穷的一个村,是年年伸手向乡里要扶贫款的村。为了赴宴,杨主任特意从打工回来的小舅子那儿借了一套西装和一双皮鞋。小舅子人高马大,他的衣服杨主任穿在身上就有一种"风吹浪打浪"的感觉。管他呢,西装还是名牌呢,皮鞋也是崭新的。只是礼钱让杨主任稍微犯难,家里虽有卖年猪的五百块钱,但那钱由老婆管着,说是准备过年开支的。没法儿,杨主任只好提前几天在家里翻箱倒柜,第三天终于在一个角落里找到老婆用手巾包着的五百块钱。

西装革履后,杨主任便趁老婆上茅房的当儿偷偷地溜出了家门。

翻越二十余里山路,杨主任来到镇上的洪湖水酒家。此时洪湖酒家早已是锣鼓喧天,歌声悠扬,人潮涌动。挤进门来,杨主任见平时的"收银台"换成了"接待处"几个字,镇王秘书正坐在那儿埋头苦干。杨主任便知道王秘书是登记礼金的。见客人都送完礼金走后,杨主任才掏出崭新的五百元交给王秘书身边的一位小姐。看着小姐数钱的样子,杨主任显出一副得意扬扬的神情。看清楚,这可是五百,不是五十啊!哪知,这时王秘书抬起头来瞟了他一眼,那眼神好像有点儿不屑似的。这个微妙的细节让杨主任给捕捉到了后,他心头便打起鼓来。他知道王秘书是镇长身边的红人,他的眼神常常传递着镇长的某种信号。这信号显然透露出一种不祥。

看样子,离开宴还有一会儿,杨主任便快快地上楼去。他知道楼上有一个打牌搓麻将的场所,别的村主任肯定早在那儿干上了,他想去找那些村干部打探打探情况,看他们送了多少。可是那些鬼精的村干部除了朝他那身衣服打哈哈外哪肯说别的。"哟,今天的杨大村主任果然是换了个模样啊,这'洪湖水'硬是'浪打浪'啊!"

突然,杨主任眼睛一亮,那不是楼下数钱的那位小姐吗?他赶紧跟了过去,小姐突然跨进了女厕所门,杨主任便赶快来了个紧急立定。好险!好在小姐没察觉,却被一个打牌的村主任瞧着了:"杨主任咋不去了呢?"弄得杨主任一张老脸也似猴屁股样唰地红了起来。这时小姐从卫生间里出来,准备下楼,杨主任顾不得那么多了,又赶快跟过去,在楼梯上将小姐拦住。从小姐嘴里,杨主任才知道,一般客人礼金都是一千以上,少的也是八百,八八八发发发图个吉利。"只有一个人送得最少,五百,这人据说还是村主任呢,也太不识相了。"

不知小姐是真没认出他呢还是有意说给他听的,反正听了这话后,杨主任浑身直冒虚汗。他赶快悄悄地从侧门溜出去了。到了街上,他才抓起脑壳来,眼下唯一的办法就是找钱,可去哪里找钱呢?借是借不到的,镇上人都知道他们村的人是穷光蛋,借了钱不知何年何月才还得上。他想来想去,没辙。突然一个声音从背后传来:"哟,杨主任今天怎么穿起西装来了?真是太阳从西边出来了啊!"一看,是他们村的一个村民。杨主任没理会,不过他脑子倏地一亮,这西装总还值点儿钱吧?于是他急匆匆地向服装店跑去。与老板交涉的结果是,以五百元卖了那套小舅子花一千五百元买的西装。

杨主任手里死死攥着五百块钱,身上穿着一件疤上重疤的破棉袄赶紧折回洪湖水酒家,气喘吁吁地交给那小姐清点,语无伦次地请王秘书将礼金数改写为一千元。

今年村里的扶贫款总算保得住了!改写完礼金数后,杨主任松了一口大气。

"快去,楼上开席了!"那小姐提醒道。

杨主任咚咚咚跑上楼去,果然各桌都坐满了。进门那桌恰是贵宾桌,此时镇长正在兴致勃勃地致答谢辞,宾客们也都望着镇长拍着巴掌。杨主任的出现使场面顿时一静,众人的目光也都落在杨主任身上。镇长扭头一看,脸上一惊,随即恼怒地大吼一声:"下去!下去!这不是要饭的地方!"说着就过去一把将杨主任推了下去。

杨主任只好又羞又恼又无奈地下楼去,然后蔫蔫地回家。

神医王老三

　　王老三医术不高，官瘾却不小，可要提拔总还得干出一点儿业绩来。王老三却没什么业绩。

　　不甘寂寞的王老三经过一段时间冥思苦想后，终于想出一个能出点儿名堂的点子：开一个特色门诊部，专治疑难杂症。这点子是王老三看了那满大街电线柱子上贴的那些医这治那的民间广告后想到的。

　　王老三想：既然那些江湖游医能治，我一个正规医院的医生还不如他们吗？

　　目前，王老三所处的医院还没这方面的特色门诊。

　　经王老三主动请缨，院长犹豫一阵还是同意了。

　　"既然能为医院创收，开就开吧。"院长说。

　　当然，为了办好这特色门诊部，王老三忙活了好些天。除了翻一些医学书籍外，王老三还到处搜集民间专治疑难杂症的那些偏方。

　　特色门诊的广告登出来了，虽是登在本市一家不出名的小报中缝里，总比那些大街上像牛皮癣一样的广告让人可信。

　　王老三的特色门诊开张了，第一天便有一个病人按广告上的地址找到医院的特色门诊部。病人的症状是打嗝，每隔半分钟打一次，而且持续一周时间了，曾找过一些医生，那些医生都说是胃气引起的，吃了药，一直未见好转。

听了病人的叙述后,王老三说,这病很简单很好治,我开点儿药你拿去吃,连吃三天,治不好我负责。王老三之所以这样说,并非他有意吹牛,因为在王老三搜集的民间偏方中就有专治打嗝的。

三天后,那病人又来了。不是来感谢王老三,而是来找王老三算账的。病人的打嗝症状非但没好转,反而有恶化的趋势。一听病人说要找他算账,王老三赶紧申辩:"我不信,我不信!"王老三不信病人打嗝症状还会更严重。王老三咋负得起这责呢?于是,病人便闹起来。这一闹,王老三咋受得了。王老三是最重名声的人,开这个特色门诊部本来就是为提高知名度。

王老三赶紧关上特色门诊部的门,又赶紧去捂病人的不断打嗝和不停说话的嘴巴,病人当然要伸手阻挡。在你推我捂过程中,王老三一巴掌打在病人的嘴巴上。

"你还打人呢?"病人声音提高了好几倍,"你治不好病还打人,我要告你和你们的医院!"

尽管门是关着的,这一闹还是引来了同院的医生和在医院看病的病人。

"咋回事?咋回事?"院长问。

"三天前,他说治不好我打嗝就来找他,他负责。今天我找他,他不但不负责,还打人。"

"什么?你还在打嗝吗?"

病人自己也突然奇怪了,这一阵咋没打嗝了呢?

还别说,王老三这巴掌过后,病人竟真的不打嗝了。

"怎么样?没问题了吧?"王老三也奇怪,不过他马上高兴了。

病人非但不再找王老三算账了,还出去到处宣传王老三真是神医。王老三的名气一下子大震。

当然,更让王老三兴奋的是,他找到了一个治疗打嗝的更好的偏方,那就是一巴掌。

王老三名声传出去后,卫生局局长也知道了。

有一天,听院长说,局长要来找王老三看打嗝的病,王老三高兴得不得了。这可是他王老三升官的天赐良机啊。

局长是由院长陪着来到王老三的特色门诊部的。王老三本要跟局长先聊一聊。院长说,局长公务繁忙,让王老三赶紧给局长看病开处方。王老三说声"好",便立马拉开架势甩几下胳膊,运足力气,然后甩起一巴掌打在局长嘴上。

"你打我干……"局长话未说完,半边脸便肿了起来。

"局长,我给您治病呀!"王老三赶快申辩。

"谁要你给看病,局长是来给他母亲拿药的!"院长怒目瞪着王老三。

"啊……"王老三一下子啊不出来了,随即便打起嗝来。

从此以后,王老三也犯起打嗝的毛病了,而且没法儿医治。

你的秘密我知道

对工作一向吊儿郎当的大伟被公司给开了。下了岗的大伟窝在家里不愿出去找事做,整天攥着个电视遥控器摁来摁去。老婆很生气,便和他大吵大闹:"靠我一个人的工资收入,这个家怎么生活,你说?"

这天，大伟正与老婆争吵，小区里守门的张老头突然摁响他家的门铃，开门的老婆正要热情地让张老头进屋坐，正没地方出气的大伟一眼瞧见张老头手里拿着一摞厚厚的报纸，便对张老头吼道："我们家没订报纸，你送错地方了！"

"哦，是这样，"张老头讨好地说，"听说你们家大伟下岗了，我这里搜集了一些招聘启事，拿来让大伟参考参考！"

"张老头，你少管我的闲事，你走吧！"

"大伟，你怎么说话呢？"老婆一边责骂大伟，一边接过张老头的报纸。

随后，老婆赶忙从那摞报纸上挑了几份适合大伟的工作，要大伟去试试，可大伟就是不愿意，不是嫌活儿太辛苦，就是说工资太低。

大伟梦想得到一份既轻松又赚钱的活儿。

老婆拿大伟没办法，只好又将他痛骂一顿。骂过之后，气愤不过的老婆随便收了几件换洗衣服就回了娘家。

下午，儿子放学回到家，一进门就扬扬得意地对大伟说："老爸老爸，告诉你一个激动人心的消息，我今天终于当上官了！"

"当官了？你小子也当上官了？"大伟打死也不相信他儿子能当上官。为儿子的事，老师隔三岔五把他和老婆招到学校受训，他现在都害怕接到儿子老师的电话了。

"你不相信是吗？"儿子手舞足蹈地进一步说道，"不瞒你说，我也没想到我这么容易就能当上官，我就在班长面前开玩笑说了一句'你的秘密我都知道了'，他就把一小组原来那小组长给撤了，说让我当。"

儿子说完还优哉游哉地哼起了"不是我不明白，这世界变化快"的调子。

"你的秘密我都知道了……"大伟反复念叨着这句话。突然,瘫坐在沙发上的大伟霍地站了起来,大叫道:"好啊,你的秘密我都知道了!好——好——好——"弄得儿子傻眉愣眼不知老爸是咋回事儿了。

一个绝妙的计划在大伟心中成形了。

为了验证一下这办法是否灵验,大伟立马给回了娘家的老婆拨了一个电话:"老婆,你的秘密我都知道了,你看着办吧!"没想到,通电话不到一个小时,老婆便从娘家匆匆赶回来了。更没想到的是,先前出门时还气鼓鼓的老婆一进家门竟是一脸讨好的笑容:"老公,嘻嘻,你都知道了?我是借给了我妹妹一笔钱,可他们家小芳治病急需钱啊!"

"哼,你以为我不知道!"大伟故作生气,其实心里莫提多高兴了,因为他终于印证了那句话的灵验。

接下来,大伟选择了他原公司的老板作为第一个正式实施计划的对象。大伟来到他原上班的公司,大摇大摆地径直进了总经理办公室。总经理一看到大伟,脸一沉说:"大伟,你又来干什么,你的最后一次工资不是给你结了吗?"

大伟没理睬老总的态度,毫不在乎地说:"经理,我知道你不欢迎我,我也不是为工资来找你的。我今天来只想跟你说一句话,说完就走,这一句话就是'你的秘密我都知道了',你看着办吧!"说完,大伟瞟了瞟总经理的反应,扭头就要往外走。

"哦,大伟,别走别走,你坐你坐。"总经理赶紧起来给大伟让座倒茶,然后亲切地对大伟说,"大伟啊,以前是我不了解你,误会了你,你看,这样吧,今晚我请你喝酒,我们好好谈谈,怎么样?"

"这个……好吧!"

晚上,总经理请了一桌丰盛的酒菜,让大伟大吃大喝了一顿,并跟大伟套了一晚上的近乎,最后,还叫大伟重新回去上班,工资比以前多一倍。

大伟一路欢歌一路跌跌撞撞地往家走。当他走到小区大门口时,看门的张老头赶忙过来扶他:"看你都醉成这个样子了,你得为自己身体着想啊……"

酒醉心明白。看着张老头对他如此关心,一想起上午的事儿,再联想到张老头平时经常帮老婆和儿子,大伟心里突然就跳出一个念头来:哼,这张老头,心里肯定有鬼!

大伟想,何不……

于是,大伟装着喝醉了,嬉皮笑脸地对张老头说:"老——老张,我——我今天高兴,你——你不要装了,你——你的秘密,我——我都知道了!"说完,大伟故意趴在张老头背上。

"大伟,你都知道了?"张老头惊奇地看着大伟,"你妈都告诉你了?"

"当然,我全知道了!"

"你妈还好吧？唉,那时,我和你妈好,你妈都怀上你了,要不是我父亲,也就是你爷爷反对,我和你妈也结婚了！唉,都二十几年了。"张老头很伤感地说,"我后来虽然结了婚,可一直没有孩子,我这一生只有你这一个儿子！"

"也好,你现在也知道了,"张老头继续说,"你就叫我一声爸吧！"

"什么,叫你爸？"大伟一听,原来的酒劲被吓得一下子没了。

意外收获

　　大学毕业后的李君从踏进机关的第一天起便暗下决心要踏踏实实干一番事业。尽管机关人际关系极为复杂，但李君的原则是认认真真工作，踏踏实实做人，不介入任何派系斗争。在单位，工作以外的话和事，尽量少说少做或不说不做。

　　事实上，李君在工作态度、工作能力上是没得挑剔的。李君不曾与任何同事发生过任何不快。可几年下来，许多比李君后进机关、各方面都不如李君的人不是升了职就是被评上这样劳模那样先进，而李君还是当初那个默默无闻的科员，莫说劳模先进不挨边儿，他每年都要交的一份入党申请书，至今也没任何结果。虽然每次去交申请时，兼书记的 A 局局长都是笑呵呵地对李君说，好好，年轻人就该这样要求进步。可进步这么多年仍没有任何下文。于是，李君便想不通了。

　　这次 A 局局长又提升了一个办公室主任。这人偏又是那位才工作一年、平时许多工作没李君帮忙就完不成的王君。李君便怀着"天生我材没有用"的强烈不满闷闷不乐地回家告诉老婆，本想在老婆面前寻点儿安慰，谁知老婆一听，劈头便是一顿数落和臭骂，数落李君一无是处。

　　当晚，李君第一次端起了素来害怕的酒杯。第一次喝酒的李君把自己喝得醉醺醺，醉醺醺的李君第一次独自一个走进了舞厅。

走进舞厅的李君在醉意蒙眬中与一中年男子打了一架,原因是争一小姐。当晚,李君与那中年男子便被双双送进了公安局。听到公安人员说要给他们每人罚款一千元时,李君的酒意也一下子被吓跑了。清醒后李君从公安人员的审讯中得知那中年男子乃B局局长,更是吓了一大跳……

李君老婆得知这一情况后把李君赶出了家门。老婆说,分居一个月以观后效,再决定是否离婚。

这下彻底完了,李君垂头丧气地想。本就少言寡语的李君从这以后就更少说话了。

谁知,李君和老婆分居十天后,A局局长找李君私下谈话。A局局长说,经过认真考察,你李君确实表现不错,能力强,符合入党条件,组织讨论后同意你入党;还有,你人还年轻,希望你将来能挑起A局的重担。A局局长的话弄得李君在受宠若惊之余,不禁又感到茫然。

又是十天过去,人事任命书下达A局。李君被任命为A局第一副局长。原A局局长调任县委常委、县委组织部部长。县委原办公室主任调任A局局长。看到任命书,想到这段时间发生的事,李君仿佛坠入了像雨像雾又像梦一般的境界中。

而李君在上任副局长的第一天便从新任A局局长口中得到了谜底:原来县委早已打算在A局局长和B局局长中确定一个人任县委组织部部长,因两人条件、实力不相上下,以至县里久久决断不下来。前不久B局局长在舞厅与人争抢小姐打架一事被闹到了公安局,这一来倒使县里将久拖不决的问题轻易地决定了。

好在新任局长并不知道那与B局局长打架的就是他李君,不然,新任A局局长哪能当着李君的面从从容容地道完那个谜底后还对李君说,原A局局长对你李君的表现和能力都非常赏识,当初他力荐你,看来真不愧是一个伯乐。"

这时,李君才想起那天晚上在公安局,他只听到公安人员将他打架的事电话通知了当时的 A 局局长一人。

李君上任 A 局副局长的第二天,也就是被老婆赶出家门的第二十二天后,老婆亲自登门又是道歉又是求情地把他接回了家……

差 错

"省卫生厅厅长要到梁山乡检查卫生工作!"

梁山乡是全县最偏远的乡,这么多年来,连县里的领导也很少光顾,更别说省里的大官了。

为此,梁山乡卫生院院长李兴接到县卫生局局长的电话通知后高度紧张也属正常。

一搁下电话,李兴便慌忙召集一班手下做好一切准备工作。好在在李兴的带领下,这些年梁山乡的卫生事业确实搞得红红火火,经得起检查。当然,否则县卫生局局长也绝不会把厅长带到梁山乡来。

尽管如此,这天当李兴见到七八辆轿车朝乡卫生院开来时,他的两腿仍不听使唤地直打战,生怕哪里出了差错,让他吃不了兜着走。

照李兴的习惯思维,厅长肯定是坐第一辆车的。因此一见领导们从车里钻出来,李兴便直奔第一辆车而去,捧起那位看似首

长的人物的手就抖了起来："厅长,您好！欢迎……"哪知,未等李兴的嘴巴和手停止动作,背后便突然来了一声怒吼："李兴,你干什么？你搞错了！"回过身来李兴才看到一脸愠色的县卫生局局长。局长拉着他往第二辆车走去。认识厅长后,李兴立马又要把双手伸向厅长,局长又瞪了他一眼："你也配？"吓得他赶紧将手缩了回去。

眼看自己一开始就出差错,李兴不敢自作主张了。待领导们准备进卫生院检查时,李兴便悄悄地退到了队伍后边。谁知,他一抬头便又看到局长直直地盯着他："领导们来你们卫生院检查工作,你院长不带路躲到后面去干什么？"李兴又赶紧跑到前面带路去。

检查途中,县卫生局局长私下叮嘱李兴说,检查结束后,领导们要开一个座谈会,你要将这几年的工作向领导做一个详细汇报,当然是把成绩讲足讲够。座谈会上,李兴心想在座的就自己的官职最小,为表达对领导们的尊敬,轮到他汇报发言时他便倏地从座位上站起来鞠了个躬,正要开始汇报,局长瞪着他："这里也是你出风头的地方？"弄得李兴傻傻地伫立在那里不知哪里又出差错了,待他终于弄明白局长的意思后,先前想好的话题也忘得一干二净了,一开口只好无话找话地说些接待不周之类的废话。散会后他自然又被局长骂了一顿："哼,李兴,你以为站起来就能引起厅长的注意？你真给我丢人！"

为防李兴再出纰漏,午饭时,局长干脆和李兴说,让他走在前面领检查团一行去餐馆就餐。吸取了先前的教训,李兴边走边看局长的眼色,心想不能再出错了。没想到走到餐馆门口时,李兴正要进门给老板交代注意事项,刚迈了一只脚,衣袖便从后面被死死地拽住。回头一看,局长对他怒目而视："你还要往前走？

你懂不懂规矩?"李兴迈出去的脚只好又立马收了回来。

不断地出错,李兴心灰意冷,不敢再有任何行动了。酒精一下肚,李兴越想越不安了。他想,自己身处乡下没见过世面,这下得罪了那么多领导,以后的工作该怎么办呢?道歉,对,一定要向领导道歉!

俗话说,一喝泯恩仇。这是最好的机会,也是最后的机会,他绝不能错过。或许应了酒壮英雄胆那句老话,一想到这里,一脸酒气的李兴立马端起一大杯酒来到厅长那桌,要向厅长及各位领导敬酒。可是,他话还没说出口,局长就拉着他死死地往门外拖:"你还嫌洋相出得不够?这里也轮得上你?你一天就出这么多差错,你这个院长还想当下去吗?"

"我不明白,我不明白……"李兴还想申辩,却被局长一把关在门外。

结果,没等李兴真正明白过来,他便从梁山乡卫生院院长的位子上掉下来了。

救　人

冬夜晚饭后,小玲一家正围聚在暖炉旁其乐融融。突然,后院的水池边传来急切的呼救声。

正上小学的小玲心急火燎地对家人说:"快去救人,肯定有人掉到水池里了!"

"我知道!"当局长的小玲爸先瞪了一眼小玲,然后不失领导

风度地对大家说,"别急,在危急关头,我们尤其需要镇静,千万别惊慌失措,惊慌失措反而容易将事情办糟。下面我们先召开一个紧急会议,研究一下今晚救人的问题。首先大家讨论一下救人的意义、救人的目的,然后再确定营救的方案和营救的具体细则。"

当经理的小玲妈率先发言道:"我们是不是先估算一下今晚救人这笔生意有多少赢利?赢利少了我们就不做。"

正读大学政治专业的小玲哥发言说:"不,我认为先得查清楚所救之人是好人还是坏人,值不值得我们冒险去救。"

小玲急切地打断大家,说:"你们别讨论了,再讨论恐怕人就没气了。"

小玲爸赶紧制止道:"小孩子懂个啥,没你说话的份,你到一边去吧。"

小玲妈又说:"还有,如果生意谈成了,我们还需要与落水者或者其家属签订一个合同,否则,难保以后不扯皮。经济问题来不得半点儿疏忽。"

小玲哥说:"还有个问题也要讨论,即使现在救上来的是好人,根据辩证法原理,事物都是发展变化的,好人难保以后不会变成坏人。假如救上来的人以后变坏了,我们岂不做了一件蠢事?所以我觉得应先看看那个人档案,考察他有没有变坏的可能。"

……

最后,小玲爸总结发言道:"今晚我们的会开得很热烈,大家发言也非常踊跃,而且都说得有道理,所以会议开得很成功。下面我讲三点……"

正在这时,小玲风风火火从外面跑进来大声吼道:"你们还在干什么呀?是爷爷掉到水池里了,爷爷都没动了,看样子怕是死了……"

"啊,死丫头,你怎么不早说?"全家三个壮年人箭一般冲向后院的小池……

乡下的鬼老头

不知哪儿来的乡下老头儿,也来城里坐公交车。

真倒霉!他不得不挨着那个满身污泥的老头儿坐下,就剩那旁边有个位置;不坐吧,他又得走五六站路。

犹豫半天,他还是坐在了老头的旁边,只是身子尽量往边上靠。他想,自己这一身高档西服千万不能与那脏老头"亲密接触";脸也始终扭向另一边,仿佛看那老头一眼,那满身泥土味就也会附上他。

一路上,他感到浑身不自在,心里也一直暗暗咒着那"鬼老头":那个样子怎么也跑来坐车嘛,不怕自己丢人,也该为儿女想想呀。

要是我那个当农民的父亲也像他这样,我不骂他才怪呢。我可是堂堂的国家公务员啊!想到这儿,他的脸也感觉发烫。仿佛坐在身边的就是他那个农民父亲。

"那位女同志来坐我这儿吧。"突然,那老头儿站了起来,触动了他的身子,他倏地一惊,思绪也随之中断。抬头一看,车走了一站了。一个抱着婴儿的少妇正站在他身旁。少妇是刚上车的。

"老爷爷,你年纪大,你坐,我能站。"只听那少妇推辞道。

此时，他被这场面惊住了，下意识地悄悄环顾了一下车内，幸好车里人都木木地坐着，没人管这边的闲事。那老头和少妇还在推让着。

"让这位女同志坐我这儿吧!"说完，他赶紧站了起来。不是要做雷锋，他是想摆脱老头的晦气。

"不，你坐，小伙子，你不要看我年纪大，我天天干活，身体硬朗着呢，我比你能站。"说完，老头儿便用手按他的肩膀，示意他坐下去。

他浑身一颤："你怎么……"扭头看看自己的肩上，赫然一个泥掌印，便一脸怒容。老头嘿嘿一笑："小伙子，你看我……"一脸愧疚的神情。

他坐是坐下了，非但不感激老头，心里反窝着一股火：为肩上的那块巴掌印。一路上，他都怒目瞪着站在他旁边的"鬼老头"。

该下车了，单位就在眼前。车一停，他赶紧跳下车。离上班还有十分钟，他不用赶时间，他是要尽快摆脱那晦气的"鬼老头"。

一跨进单位大门，他便发现了局长。局长正笑容满面地看着他。他赶快调整自己不快的情绪，脸上也挤出笑容来："局长，您好!"

局长没理他的笑脸，径直朝他身后走去。回头一看，他猛然大惊：不是那个"鬼老头"吗？他什么时候也跟进来了呢？手里还拖着一个牛仔大包，也是脏兮兮的，看起来挺沉的。

"爹，我来吧!"只见局长伸手去接"鬼老头"手里的包。

说时迟，那时快，他立马反应过来，几步折回身去，一把抢过正要抓在局长手里的包："局长，还是我来吧!"果然很沉，他只好双手托起来，往背上一搭。

"小伙子，不怕弄脏你衣服？"老头说着就去扯他背上的包。

"我……不……"他的脸涨得通红。

局长莫名其妙地看看自己父亲,又看看他。

是的,此时的他哪还怕脏,倒是更怕那"鬼老头"了。

一张假币

原想在家乡办张卡,可当了一辈子农民的父母就是不相信那卡能换成钱,我也无可奈何,只好带着厚厚一沓现金来到学校,开始新一学年的生活。从家到校,千里迢迢,坐火车、乘汽车,我连眼都不敢眨一下,唯恐身上的几千元有个什么闪失。到校的第一件事就是将那一沓钱的90%缴给总务处。

当我把那一沓钱交给收费人员后,两天两夜悬着的心总算落了地。

哪知,收费员点着点着忽然叫了起来:"这张是假币!"

"假币!? 你莫吓我哟!"我玩笑着说。我当然不相信。

"真的,不是闹着玩的,你自己看嘛。"漂亮的收费小姐说着便递给了我。用手一摸,果然与一般的百元纸币质感不同,我傻眼了。

父母的血汗钱咋会有假币?

来不及多想,我只好从随身带来的生活费里拿出一百元缴上去。可一出收费室就犯愁了,我一个月就那么紧巴巴的三百元生活费啊,这只剩两百元了,我该怎样来度过这三十天呢?

父母也太老实巴交了,竟会收到一百元假钞;我也太粗心大

意了,离家前就没一张张仔细检查一下。

怨来怨去终究不是办法,我便气急败坏地倒在寝室里蒙头大睡,其实根本没法儿入睡。

突然,我头脑灵光一闪:别人能骗我父母,我难道不能拿这一百元去骗别人吗?

想到就行动。我贼眉鼠眼地在街头蹿来蹿去,寻求下手的机会。当路过一个小食店时,我忽然发现站在收银处的是一个十一二岁的小女孩。我骗不了大人,骗这个小女孩总行吧!

虽一点儿不饿,我还是走进去要了一碗面条,一边心不在焉地吃着,一边注视着收银处。趁老板忙着招呼别的客人,面条还未吃几口,我就赶快过去付账。正要掏出那张假币时,老板突然过来了,我的心猛然一紧,赶紧胡乱将钱递给了小女孩。

当我直盯盯地看着小女孩和她父亲的举动时,心简直跳到嗓子眼。只见小女孩将那张百元纸币往旁边的验钞机一塞,我便拔腿逃跑。一只脚刚跨出店门,只听小女孩说:"该找你九十七元,爸,你拿张五十的出来。"

老板从身上摸出一张五十元给小女孩,小女孩将钱一把递给我,我来不及清点,赶紧勾着脑袋溜走了。来到街上,我轻松地吼了起来:"哇——"随后便决定回去向哥们儿吹嘘一番。

"哥们儿,想不想听我今天的壮举呀?"刚踏进寝室我就向室友宣布,边说边将身上的钱通通掏出来,"啊,怎么这张假币还在包里?"

"怎么回事?"室友们都围了过来。

"啊,我亏了!"吹嘘变成了唉声叹气地诉苦。

原来我付账时,慌乱中拿出的是一张真币,那张假币还在我身上。

"小伙子,你亏大了,这张五十也是假的,你们看!"一个室友又突然惊叫起来。

"啊……"这不是那老板找给我的那五十吗?

一看,果然是假钞,我颓然跌倒在床上。

成全名人

从小喜爱文学的小张自打高考落榜后就做起了作家梦。读书、创作成了他身居偏远农村的全部精神寄托。

读啊、写啊,写啊、读啊,不分白天黑夜,不分严冬酷暑。小张因此而成了村里的名人。小张的小说一篇篇一部部源源不断地投了出去。一年过去了,两年过去了,三年也过去了……小张寄出去的东西皆如扔进大海里的小石子,没激起丁点儿回响,哪怕一封冷冰冰的退稿信也从没收到过。后来,小张便又开始给投过稿的编辑部邮寄一封封情真意切而又可怜巴巴的求助信,依然杳无音信。

小张失望了,也有点儿愤怒了。愤怒了的小张突然想到一个报复编辑部的办法。小张将他自认为写得最糟糕的一部中篇小说《无中生有》署上章程的名字投给了一家大型文学刊物,为的是败坏章程的名声。章程是著名作家,也是小张曾投稿最多的那家杂志社的主编。当然,小张也以章程的名义附了一张自己在农村体验生活的短笺。没曾想,仅两个月后,小张便从村主任兼村邮递员手里收到那本刊有《无中生有》小说的大型刊物和一张八百元的汇款单。虽署名章程,但全村人没人怀疑作者是小张,小

张说写文章的人常用笔名。好在村里就数小张文化程度最高,除了他,没人知道全国那些所谓著名作家的名字。

目的没达到,小张却得到了一个大大的意外。这意外则让小张又想到一个法子,尽管这法子对他而言有些无奈而可悲。此后,小张便将他那些曾投出去石沉大海的小说底稿通通署上当红作家的名字再一次投向全国各大刊物。不出所料,样刊、稿费源源不断地从全国各地飞到了小张那偏僻的小村庄。有的编辑甚至还寄来热情洋溢的信件:没曾想您这位大作家居然跑到偏僻的乡村去了,希望读到您更多的大作……

年终,小张从国内一家中央级的权威性大报上看到一篇某权威评论家写的关于本年度全国中、短篇小说创作的综述文章。文中列举了该年度的重头作品,其中七八部中篇小说中就有著名作家章程的《无中生有》和袁圆的《如此一生》,短篇小说中有著名作家杨明的《柳树湾》。《无中生有》不说,《如此一生》和《柳树湾》两篇小说于小张更是再熟悉不过了,因为这两篇都是小张饱含激情写出的自认为的得意之作,其中《柳树湾》就是以他的家乡柳树湾为背景写的。这两篇作品,小张曾以自己的名字分别投寄给五六家刊物却没有结果,使他一度失去了自信。

此后不久,小张又从电视上看到了召开该年度全国文学大奖颁奖会的新闻,其中也提到了袁圆的《如此一生》和杨明的《柳树湾》。

看到著名作家袁圆和杨明站在领奖台上面不改色,完全一副春风得意的模样,小张又一次感到不可名状的悲哀和愤怒,可作为一个无名小卒的他又能怎么样呢?何况这事儿也是自己主动成全的。幸好这事儿也无形中给了小张极大的鼓励,让他坚信自己的创作才能,坚定了他继续写下去的信心。

小张又开始了新的创作,但他再也不借别人的名字去投稿了。他已清楚了自己的实力,他不相信自己的作品没有发表出去的那一天。

正当小张开始潜心创作的时候,那天,村主任突然带着一个城里打扮的年轻女子来到他家。村主任告诉小张,他在县里开会时碰到一个从省城来的记者,说是要写什么文章,村主任就对那记者说起了我们村里的作家小张写了好多好多的文章,那记者听说后硬要随村主任来村里采访小张,村主任只好把她带来了。

女记者听了小张的经历后既愤怒又兴奋,愤怒的是圣洁的文坛居然也有这种丑事,兴奋的是一篇爆炸性文章就要出自她这个刚出道的年轻记者的笔下。

不久,国内某大报果然在显著位置刊登了年轻女记者的文章《著名作家与无名作者——国内文学大奖的真真假假》。

一石激起千层浪,这篇文章将死水一般的文坛激起了轩然大波,一些没能获奖的著名作家纷纷撰文斥责袁圆与杨明,说他们是欺世盗名的无耻之徒,总之其言语极尽讽刺与嘲笑。这撰文的作家中就有著名作家章程,据说他的中篇小说《无中生有》也是这次评奖的候选作品,只是最终没被评上。

杨局长认干爹

在医院当医生的王成突然给杨局长打电话,要杨局长帮他说情。事情是这样的:昨天,一年轻人把一个六七十岁的老头背到医院让王成给看看,王成一检查,老头生命垂危,非立即住院不可,可年轻人却说身上仅有几十元钱,没法儿住院。出于医生的职业道德,王成劝年轻人赶紧想办法。好说歹说,最后达成口头协议,由王成担保先让老头在医院住下,年轻人立马回去取钱。可谁知,那年轻人一去就再不见踪影了。老头一直昏迷不醒,没法儿知道年轻人的下落,老头的医药费只好由医院担着。院长得知后火冒三丈,将王成斥责一顿后,决定从王成每月的工资和福利中扣出老头所花的费用。这一扣,王成至少一年都莫想领到医院一分钱。

王成是杨局长的小舅子。王成的意思是让当卫生局局长的姐夫给院长施加压力,收回那个决定。

杨局长一听,便明白了是怎么回事。于是,赶紧问王成,那老头到底有没有救?

"若不做手术那老头最多能活上三个月,若手术成功就难说了,但这种手术的成功率只在10%左右;倘若手术失败,老头恐怕死得更快。"王成说到这里,忽然觉得不对,"哎,姐夫,你问这个干吗?现在最关键的是老头医药费的问题……"

"王成,你别说了,我马上就到医院来。"杨局长打断了王成的话。

一个小时后,杨局长便来到了医院院长办公室。杨局长对院长说:"老头的医药费全部由我来付,我认他为干爹,也算为社会献一份爱心吧。"

这样一来,医院院长和小舅子王成当然皆大欢喜。王成更没想到自己的姐夫还有这么一颗爱心。

既然老头成了杨局长的干爹,是否对老头施以手术,当然得征求杨局长的意见了。

没想到,杨局长毫不犹豫地说:"做,当然做,虽然成功的把握不大，虽然要花三四万元手术费，但即使只有百分之一的希望，我也要尽百分之百的努力。家里没那么多钱我可以去借……"

经院长在全院大会一讲，杨局长无私救助无名老人的事无不深深感动着医院的每一个干部和职工。这消息不知怎么被市里的新闻媒体知道了，接下来，记者们纷纷采访、报道杨局长。经媒体一宣传，卫生局杨局长的光辉形象传遍了全市各个角落……

然而，尽管医院启用了最强的技术力量为那老头做手术，手术还是失败了。王成说，老头最多只能熬过两三天了。

紧接着，杨局长又赶快忙着为老头准备后事了。

杨局长为干爹办丧事的消息也很快传到了全市卫生系统每个人的耳朵里。局长家里办红白喜事，人人都是要去的，这是规矩，何况这一次，杨局长还是为社会做好事、做善事。

两天后，老头果然死在了医院。杨局长为老头在市公墓买了一块上好的墓地。

杨局长为无名老头操办了一场轰轰烈烈的丧事。这事儿也被媒体大肆宣传，说是为这无名老头，杨局长自己竟花了五万多块钱。于是，杨局长的形象再一次提升。

为此，杨局长很快被提升为副市长。

四年后，杨副市长突然被检察院双规了，消息一传出来，市民们不禁大吃一惊。四年前的杨局长能那么无私地献爱心救助无名老人，刚过四年，咋就……

紧接着，本市晚报发了一篇长篇文章，题目是《杨××行贿受贿侦察纪实》。文章除了披露杨××在任副市长时行贿受贿的一件件触目惊心的事件外，还着重披露了四年前任卫生局长时认干爹的事儿。

原来，杨局长当年认无名老人为干爹献爱心一事，是他精心

策划的一个阴谋。四年前,刚过四十岁的杨局长认为自己与老婆四十岁生日也过了,双方父母也先后过世了,儿子还小,不可能结婚,至少好几年内家里是没啥大事可办了,为此收取手下人好处的机会就没有了。平时暗地里虽然也会有人送,但那都是有求于他的人,而且要冒极大的风险,哪有家里办红白喜事收礼好,既公开又理直气壮。为这事,杨局长心里一直空落落的。刚好那天,杨局长的小车路过一个小巷时,见一个气息奄奄的老乞丐倒在路边,杨局长突发灵感,便策划了认老乞丐为干爹的事。

那位年轻人是杨局长拿五百块钱买通的一个专为别人搬东西的街头混混。

为那无名老乞丐办丧事,杨局长收礼钱近三十万元,扣除老头的医药费、手术费及墓地费和安葬费,净赚了二十五万二千元。就是从那时起,他变得越来越贪婪。

晚报文章评论说,杨局长的聪明在于,认那将死的"干爹"不仅可以捞钱,还收获了名誉,提高了知名度,捞取了政治资本。只是他没认识到,人的贪欲是无法满足的,他用埋葬"干爹"赚取的钱,最终将自己给埋葬了。

我不是你爸

在城里当了几十年警察的江老做梦也没想到,这次进城会挨两顿臭打。

江老进城是去看孙子的。儿子经常在电话中说,他们工作忙,没时间管孩子,孩子成绩很差。那意思江老明白,是想要他去城里管管孙子。

可江老实在不愿进城。他说,城里他待了几十年,都厌烦了,别的不说,光是那满街飞的灰尘就够难受了,不然他退休后也不会回乡下与老伴儿一起守着那破破烂烂的老房子。自从退休后江老就没进过城。以前儿子家有事,都是老伴儿进城去。这次是老伴儿极力要他去,说孙子的学习是大事,你当爷爷的不管还说得过去?老伴儿不识字。

汽车一驶进县城,江老便发现县城确实变化很大,于是,江老就有些激动。车一进站,载客的小三轮就一窝蜂围了过来;车门打开后,又涌过来一伙年轻人。江老感到新鲜又好奇。

突然,江老感觉胸部被什么东西轻轻触动了一下,他敏感地出手一抓,竟抓住了一只陌生的手。江老立刻明白发生了什么,便迅疾地做出一个擒拿动作,试图将对方的手反剪过来。可由于自己年纪大了,再没过去那劲儿了,反被对方把双手给剪住了。这时那伙年轻人便蜂拥而至,把江老团团围住:"老家伙,不想活了?"

江老这才明白先前那伙年轻人是干什么的。江老知道自己不是他们的对手,但他并不惧怕,毕竟自己是老警察。江老一边背靠汽车站着,大声喝道:"看你们谁敢动!"一边迅速瞟了一下停车场,见前面四五十米处就站着两个身穿警服的人。为让那边的警察发现,江老故意大声教育起这伙人来:"你们这帮不务正业的小子,大白天公开行窃难道就不怕王法吗?你们看那边站着的是什么人……"江老边说还边望着那边的警察。

"老东西你望什么望,那俩警察早看到了,你以为他们会帮你?"随即一拳落在江老的手臂上,"你欠揍。"

紧接着,一阵雨点般的拳脚便胡乱地砸在了江老身上。"打小偷儿啊,都来打小偷儿啊!"那伙年轻人边打边大声嚷嚷。

"干什么?干什么?"两个警察不知什么时候过来了。江老眼看快支撑不住了,见到警察就像见到救星一般。

"警察同志,他们……他们……是一伙……摸包贼,快……快……快把他们……抓起来!"江老上气不接下气地说。

"不,这个老家伙才是贼,他掏我的包,被我抓住了,这些人可做证。"先前那个摸江老包的年轻人,抓住江老的衣领,把江老揉到警察面前,"高警察、邓警察,现在把这老东西交给你们了。"

"这么老了,还来搞这些?走,到派出所去!"两个警察不加分辨,拿出手铐咔嚓一声便将江老双手给铐了,推着江老往派出所走去。

"事实没调查清楚,你们就铐走好人,放走坏人。"路上,江老对警察说,"哦,我明白了,其实你们早就知道那伙人是干什么的,对吧?"

"少啰唆,快走!"警察吼道。

一进派出所,俩警察便把江老铐在一根柱子上,随即一巴掌啪的一声打在江老脸上:"你这老东西,嘴巴还挺不老实,要不怕街上人围观,我们在路上就收拾你了。"

"你们故意抓好人,放走坏人,你们是人民警察还是土匪?"江老口气反倒强硬起来,大声道,"叫你们所长出来!"

"你是什么东西?我们所长是你见的?"又一拳砸了过来。

大概是惊动了屋里人,突然从屋里传来一个气势汹汹的声音:"给老子打,竟敢辱骂人民警察!"

先前那两个警察于是把江老当成了沙袋,舞起拳脚向江老展开了攻势。

"你们这帮土匪,去把你们江局长江涛找来。老子要看他江涛怎么交代!"

"哼,你还敢骂我们江局长,你不想活了?!"两个警察的攻势更加猛烈了。江老只觉眼前直冒金星,整个派出所的房子都在旋转。

"哪个……那么不要命,竟骂……骂起我来了!"

"给我狠狠地……打! 来,江局……长,继续喝……喝酒。让小高……小邓去……去收拾!"

"不,我……倒要去……见识……见识……到底是……什么人。"

屋里又传出断断续续的声音,只是被打得晕头转向的江老根本听不见。

"别打了,别打了,我是你们局长的老子……"江老实在受不了了,只好把自己的身份说出来。

正在这时,公安局长江涛带着满脸酒气摇摇晃晃地出来了。

"啊,爸,是您?"醉眼蒙眬的江涛一下子醒了大半,赶忙跌跌撞撞地向被铐在柱子上的父亲跑去。两个警察也赶紧收住已投向半空中的拳脚。

"你? 你……龟儿子,老子……不是你……爸。"江老说完,一头晕了过去……

探官心魔镜

四十五岁的老何当了二十年的科长还是科长。

不是老何不懂得官路的门道，不是老何不奋力攀爬。早在老何当上科长的第二个年头，局里有一个副局长的空位，老何便想抓住机会，啥劲儿都使过了，结果啥都没捞着。

二十年来，机会在老何眼前走马灯似的显现，每次老何都使出浑身招术，用尽百般武器，均不奏效。只好眼睁睁地看着那些机会被他的同僚或下属一个一个摘桃子似的抢去。

如今讲究干部年轻化，早已越线的老何本已心灰意冷，想得过且过，混到退休得了。

这次本是安排杨、陈两个副局长南下考察的，一听说副局长要带几个下属同行，老何便自告奋勇。他知道，说考察，实则是出去游山玩水。

事实也如此，因局长要退休，需一副局转正，杨、陈两人实力相当，且正为此争得不可开交。在此非常时期，县里便授令将退未退的局长安排他两人出游。

南方的大城市毕竟不比内地小县城，迷离恍惚，神秘莫测。这不，老何一个人正在大街上转悠着，一个幽灵似的男人突地蹿到他身边："先生，你不是南方人吧？"

"你咋知道？"老何浑身猛然抖动。

"当然知道，我还知道你是在政府机关任职，仕途不顺。"老何吓了一大跳,以为遭遇间谍什么的。

"先生别紧张,我不会伤害你的,相反,我要帮你。"那男人说着便鬼鬼祟祟地拿出一个与近视眼镜一模一样的物件来,"这叫'探官心魔镜',可以探测当官之人的心理活动,尤其对那些贪官百试不爽,有了这个保你官途畅通。"

见老何将信将疑,那男人继续道:"不信,你马上去对你的两个上司验证,不灵不要钱。"

老何与那男人一同回到宾馆。照男人教授的方法,老何戴上"探官心魔镜",看一眼他的两个副局长上司,不由大吃一惊。

杨副局长在想:我都给孙部长送了五万了,还说他儿子缺个笔记本电脑,唉,知道姓陈的跟我争得这么凶,还是该满足姓孙的。嗯,一定要通知老婆尽快买一个"笔记本"送去。只要争到这个位置,还愁以后捞不回来?

陈副局长正想:我让年轻漂亮的老婆跟他吴副县长做情人已半年了,他姓吴的该不会让我白等一场吧。对了,再打个电话给老婆,让她这几天一定要跟姓吴的多说些好话。老子现在忍辱负重,以后当上局长,哪个漂亮女人能逃过我的手心?

老何大喜过望。除留下二百块返回的路费外,当即倾其五千块钱买下了那神奇的魔镜。

随后,老何便借故坐上了当晚回县城的火车。

回来后,老何戴上魔镜,寻机会与县长和县委书记都照了面。

老何惊奇地发现,这县里两大头目对两个副局长都极不满:那两个居然都没给我任何表示,还想当财政局局长,门都没有,干脆另找个人去算了。

不同的是,两人都各怀愁事。县长正为儿子出国签证的事犯愁;县委书记有望升为市长,现正为个人的声望担忧。

正好老何的同学一个系省外事办主任,一个是省报有名的记者。

在老何的主动帮助下,很快,县长公子的签证到手了,县委书记的个人专访和照片也在省报显著位置亮相了。

不久,也就是在两位副局长考察回来的第二天,财政局长的任命下来了。

杨、陈两人傻了眼。

整个财政局也一片哗然:年过四十的老何还能连升几级?老何真是老来官运啊!

还真说中了!

从此,"探官心魔镜"成了老何的宝贝,他白天戴着,晚上睡觉也不取。让老何大为惊奇的是,有那宝贝,即使不认得的官都能看出其级别,他们的心理活动在老何眼里更是赤裸裸地显露无遗。

把准了脉就能对症下药。几乎不费吹灰之力老何就将他有所求的领导的"病"降服了。

老何官运亨通了。

仅两年后,老何便神速般地升任市委副书记,而且正紧锣密鼓地向书记位置靠拢。

哪知,这时市里新来了个纪委书记。

据老何后来说,他那"宝贝"在新任纪委书记面前竟失了灵。纪委书记一双肉眼便洞穿了他的把戏。

老何的仕途便画上了句号。

后半生,老何蹲在监狱里反复感叹:再好的宝贝都有局限啊!

吃错宴席

正月里,亲戚朋友办各种宴会一波接一波。那天接到两家请吃宴席的电话,宴席时间均在当天中午十二点。一家安排在迎宾酒家,一家在香格里拉大酒店。

亲朋盛情相邀,哪一家也不能推辞。我决定先去迎宾酒家,再去香格里拉大酒店。

眼看快到中午十二点了,我赶紧保存未完工的稿子,关了电脑,然后急匆匆赶到迎宾酒家。新郎朋友和他的新娘正喜气洋洋地接待各方宾客,我交过礼钱,接过新婚夫妻的喜烟便赶紧上楼。楼上大厅已高朋满座,好不容易瞄到一个空位我就以迅雷不及掩耳之势坐了下去。美酒美味已摆上桌,见客人们均已动箸,我也毫不客气地吃起来。我一边吃一边看手表,一边还瞟着楼梯口,只等新郎新娘快上来,我好敬他们一杯喜酒就赴另一家。

新郎新娘终于上来了,见他们挨桌去敬酒,我只得耐下心来。半小时后,见朋友夫妇不再敬酒了,我急了,过去一把将朋友和他的新娘拉了过来:"你们咋不敬我们这桌呢?看不起怎的?"朋友一看我坐的地方,大吃一惊:"你,你咋坐在这桌了?这桌是另一家的。"

另一家的?怪不得满桌的客人我一个也不认识。

好在我要去赶另一家宴席,趁客人们未反应过来,我赶快逃离尴尬现场。

赶到香格里拉大酒店已一点多了,心想那朋友的寿宴怕是快结束了,这下总不会搞错了。

朋友正在门口与写礼金的清礼钱,一见到我,便忙热情而不失埋怨地招呼我:"你家伙咋这时才到,你先上去,我一会儿来敬你酒!"

我上楼一看,好些桌已杯盘狼藉了。见那边几桌似乎才开始吃,寻个空位,我便又坐下来与客人们吃喝起来。吃着喝着,一会儿,就有一男一女端着酒杯过来了。同桌客人见此都站了起来。我不太情愿,但也只好跟着站起来。听那男女说"感谢各位光临……"又听同桌客人齐声说"祝××生日快乐!"我才明白,我又坐错地方了。

大事不妙,我不得不赶紧悄悄溜了出来。问朋友,朋友说,那是别人家办孩子周岁宴的,那家是一点钟才开席。

那一顿算是吃了四家宴席,没吃出菜肴的滋味,却吃得我心惊肉跳。

吵　架

东挑西挑,阿东终于在一个学院小区买了一套二手房,这小区住的大都是大学的老师,阿东虽不是知识分子,却挺崇拜知识分子。

有了这套房子,阿东别提多高兴了。从搬进新家那天起,阿东每晚都要在夜深人静时欣赏一阵轻音乐。一则自己心情也舒畅了,二则相信小区里那些知识分子也不会说他太没文化修养了。为进一步与知识分子接轨,阿东两口子再累都要每天把自己打扮得衣冠楚楚才进出小区大门。

哪知,住进来没几天,阿东两口子便发现不对劲了。每天上下楼时,同单元的邻居不是斜眼看着他们,就对他们指指点点。阿东两口子不明白为什么。

有一天,阿东一人下楼时,底楼一位老太太突然问阿东:"小伙子,你们夫妻每天晚上都要吵架吗?"

阿东更是莫名其妙:"没有啊!"

"不对吧,那晚上的音乐声不是从你们家传出来的吗?"老太太不相信。

"我们家是在放音乐。"阿东说。

"这就对了嘛,那还说没吵架?"老太太意味深长地说。

"可我们真没吵架呀!"阿东以为老太太神经有问题,不想理她,说完就走了。

可让阿东不解的是,后来又有好几个邻居问他同样的问题。阿东心里更是困惑不已了。

又有一天,阿东实在忍不住了,便将心中的困惑向小区的门卫老头说。门卫老头告诉他:"这里都是知识分子,知识分子都很爱面子……"

原来,这里的人家凡在夜深人静时放音乐或者将电视声音开得大的,就表示那家一定在吵架,因为他们是不会让吵架声被别人家听到的……

后来,阿东再也不敢在夜深人静时听音乐了。

求　签

　　应身居千里之外的好友之邀,国庆长假我们一家人到他那里去玩。他那里有有名的佛教圣地,我们去的目的当然是旅游。那天,由朋友陪着我们来到当地一座有名的寺院。朋友乃当地政府头面人物,我们一行刚一进院,便被大小和尚热情包围。端茶送水自不必说,见大殿里求签的游人甚众,我们便好奇地围过去,住持以为我对此感兴趣,便鼓动朋友也抽一签。朋友乃政府官员,大概不便在此公众场合表现,便怂恿我来一签。我说,我不求这些,朋友说,抽吧,反正不要钱(其他人求签是要收钱的),就当好玩。我便随手抽了一签,抽出一看,是个下下签,再对着编号一看内容,一切糟糕极了。没想,朋友接下来便不停地安慰我:当不得真,都是闹着玩,千万别信,别信……

　　以前,我虽也逛过许多的庙宇,但我是从不求签的,其实我真不信那些。朋友好像自己做了对不起我的事似的,尽管我反复声明不相信那些,朋友还是带着我们赶紧离开了那寺院。

　　接下来,又到了另一座寺庙,又看到有人抽签。这次,再没人提议抽签,妻子却突然说她要抽一签,然后赶紧往功德箱里丢了十元钱(十元一抽)。可未待妻子伸手,我说,我替你抽吧,随即替她抓了一签。其实也是为闹着好玩。岂料,抽来一看,竟是上上签。再一看内容,一切通达极了。

　　"原来佛也认钱啊!"一行人不由得哈哈大笑。

后来,我们好奇地问一个和尚,何以两次抽签截然不同。和尚看在朋友的面上,才吐露内情:那签是由机关操纵的。

临走,和尚再三嘱咐我们:千万别外传,千万别外传……

A 厂长的为官之道

A 厂长为官多年终于悟出一条为官之道来:下属不得强过上司,否则下属自己的职位便会受到威胁。

事实上,A 的直接下属 B、C、D 无论文凭、能力都不及 A。在 A 的熏陶下,B、C、D 也深信这是一条颠扑不破的为官真理。因此,B 的下属 E、F,C 的下属 G、H,D 的下属 I、J 同样哪一方面都赶不上他们的上司 B、C、D。

当然,在 B、C、D 的长期栽培下,E、F、G、H、I、J 也用这一真理武装自己的头脑并运用于工作实践中,所以 E、F、G、H、I、J 的下属也无一人及得上他们的顶头上司。

这次厂里各部门都要招聘人才,本着以上原则,招聘广告上明文规定:文凭不高于初中(因为现有各部门的头头文凭只比初中高一点儿),能力嘛只要不是呆子就行。

应聘者十分踊跃,经过考核审查,很快就招齐了。部门领导们便兴高采烈地说:"现在还是有那么多文凭和能力都比我们低下的人。"

未料,不久,在一次厂里召开的关于企业发展前途的大会上,竟有一个新招来的最底层的小干部 L 提出了一个令所有的上层

领导包括A厂长都意想不到的建议。虽然那建议不失为该厂生存发展的最佳办法,但仍让A厂长及所有中层领导们震惊:本厂里居然有这样的人,这还了得!

在A厂长的授意下,L上面所有领导一致决定对L进行重新审查。经多方调查,A厂长得知:L实则是一个刚从大学经济管理专业毕业的大学生,当初招聘时他是拿着初中时的毕业证书蒙混过关的。

为了吸取冒牌初中生L的教训,厂里各部门对新招聘的那批人通通进行了深入细致的重新审查。凡有冒假初中及以下学历的高中生、大学生全都被解聘。

从此以后,厂里那些方方面面的、大大小小的领导们终于可以高枕无忧地做官了。

只是没过几天,厂子就倒闭了。

送　礼

这个局是个没钱的清水衙门。无钱难办事,贾局长坐镇好几年也没干出政绩,想挪动挪动一下位置却总是不能。

这天,贾局长在医院打电话给办公室主任,说:"我父亲刚在医院去世了,你赶快来医院一趟!"办公室主任知道局长是一个大孝子,对其老头的后事肯定不容马虎,于是,随便对一位办事员交代了两句便火急火燎地赶去医院。

主任走后,那年轻的办事员便将这消息当特大新闻在局里广播开了。办事员这一广播,各科室便迅疾炸开了。

首先是各位科长都不约而同地拿出纸笔对本科室员工宣布:"局长父亲过世,愿登记的快来哟!"这是局里长期以来不成文的规矩或者说传统:不论哪家有事都由科长登记礼金。虽说是自愿,却没哪位无动于衷。只要有一个人带头,人人都主动掏出钱,比单位布置什么工作任务都顺利。当然,以往一般的同事有什么事,大家一般都是掏一百元。这次不同,是局长家的事。以前局长家从未公开办过什么事,早就想巴结局长的人一直苦于没机会,这次这个大好时机岂容错过?刚参加工作不久的张三便是其中一位。一听说科长要登记礼单,便率先掏出五百元摆在科长面前。其他人见张三开了头,谁又愿意送四百、三百呢?接下来,人们只好都拿出五百元往科长面前送,即使心里一百个不愿意也不能表现在行动上。

李四是局里一个老油子,早就看好一个副科长位置,只因一直没逮着机会向贾局长表示。李四知道贾局长跟别的局长不一样,平常时候是万万不能贸然行动的,这次可是天赐良机哩。

见本科室的人都登记过了,李四才慢条斯理地走到科长面前,将一沓百元纸币交给科长,科长一数,整整十张,比别人多了一倍。其他人,比如张山,看了虽有不满,却不好再去添加,只好在心里恨着李四。

科长们正将收好的礼金用礼单包好准备上交贾局长,这时,只见办公室主任匆匆赶回来了。主任说:"贾局长父亲又活过来了!"人们开始以为是戏谈,待主任细说原尾才知,局长父亲先是因口痰塞住咽喉闭了气,局长以为死了,便通知局里。后经医生抢救,咽喉里的痰祛除了,便又缓过气来了。

这可是机关里谁也都没预料到的事儿。科长们一下子也作难了:这些礼钱怎么处理呢？退嘛，被局长知道了，又怕局长不满；不退嘛，这钱又是同事凑起来的。谁也不敢做主，想来想去，最后，一致决定由办公室人员请示贾局长后再定夺。

"什么，我父亲还没去世，就为他送丧礼，这不是咒我父亲早死吗？"贾局长一听火了，想想又说，"那些钱全部交财务科统一管理，用来维修局里的房子，改善办公环境。"

全局总共收了几百万的礼金。半年后，该局房屋和办公条件成全市最漂亮、最豪华的。与此同时，各大媒体都登满了该局"全体职工，自己掏钱改善办公条件"的报道。

再过半年，贾局长顺利地荣升为贾市长。

只有该局的职工们气恨又无奈，因为谁也没强迫他们这么做。不过想想李四，其他人心里便稍微平衡了点。

赚钱之道

在单位混得不好，早就想给局长送点儿礼了，但一直没逮着机会，这次，局长生病住院了，这可正是大好时机。

那天，我买了一盒高档礼品，然后在礼品盒内塞上两千元现金后便直奔医院。听说局长住在内一科18号床，内一科在一到三楼，我就开始看门上的号码。突然，一个熟悉的声音从里面的病床上传来："哎呀，彭兄，快进来，让你来看我，真是不好意思！"

这不是局里的办事员小张吗？他的身体不是一向很好吗？怎么也住起医院了？

"好……好……,这……没啥……"小张虽是个小小办事员,但他这人却是个天不怕地不怕的刺头,何况我与小张还算铁哥们儿,于是我只好硬着头皮进去。进去后,我只好将礼品盒放在他病床边早已堆满礼品的床头柜上,然后假意问了一下小张的病情,说几句好好休养之类的话,便赶紧告辞。

出来后,我才想起,那礼品盒里还有两千元现金,糟了!可又不能回去拿了。想到还得去看局长,我不得不赶紧重新去准备礼物……

一个月后,小张私下找到我,要退我两千元钱,他说他出院后收拾那些礼品时,看到写着我名字的礼品盒里包着两千元现金。我说,送就送了,还退什么呀。小张说:"我知道这钱是你给局长准备的,其他人送得比你还多,我不会退,但你的我得退,谁叫我们是铁哥们儿呢。"

原来,听到局长住院的消息后,没病的小张央求在医院工作的姐夫给他办了住院手续,并坚决要求住在局长相邻并靠楼梯边的病房(16号病房)。他说,他知道局里的人都不会放过这次讨好局长的机会,凡是来看局长的,都要经过他的病房,所以他躺在病床上的主要任务就是时时刻刻盯着门外的走廊,一看到单位同事他便热情招呼进来。

最后,小张悄悄告诉我说,他住了一个月的医院,不算礼品,仅现金就足足赚了五万多块。

"亏你想得出!"我说。

"老兄,这就叫小办事员的赚钱之道,明白吗?"小张得意扬扬地说。

爱咖啡的表弟

朋友有一表弟，正值青春年少，虽家境一般，可凡事都爱赶个潮流，求个档次，人称"时尚小哥"。别看小哥平日光鲜得很，却心存一桩憾事，那就是没喝过咖啡。这年头儿，没喝过咖啡的小哥能叫时尚小哥吗？

最让小哥没面子的是和同伴相聚，一提起咖啡，这说喝过，那也说喝过。看他们一个个的显摆样儿，小哥就来气，感觉有点儿酸不溜丢。所以，每当小哥看见电视里播咖啡广告或路过咖啡厅的时候，喉咙里就犯痒痒，盼望着哪天自己也能优雅地搅动咖啡勺，细呷慢品地开开洋荤，那才称得上名副其实的时尚小哥呢。不过听说咖啡这玩意儿挺贵的，至于到底有多贵，不知道，也不好去向同伴打听，否则就更显得是个老帽儿了。

有一天，有亲戚给家里送来两桶雀巢咖啡伴侣，这下可把小哥乐坏了，哈哈，终于能过一回咖啡瘾了。他把盖子打开，狠狠朝杯子里舀了两勺，然后续上开水，坐在一旁静静地瞧着热气缓缓升腾。估计泡得差不多了，小哥怀着一种虔诚的心情，小心翼翼地啜上一口，刚想陶醉，"呸，怎么这么苦！"转念一想，哦，忘加糖了。小哥苦笑着加过糖后，又尝了一口，还是苦。兴许是糖少？再加，苦，再加，仍旧喝不出甜味。要么是太浓了？小哥干脆换个大搪瓷缸子，又多加了水和一勺糖，可最后还是觉得难以下咽。倒掉吧，又可惜了那么多糖。罢罢罢，权当喝药了，小哥一挨咖啡彻底变凉，捏着鼻子，一饮而尽。他心里思忖，都说咖啡好喝，有什么好喝的，该不是那些人的味觉出了毛病？早知如此，何苦受这份洋罪。

眼见自己无福消受，小哥就把咖啡送给了我的朋友——他的表哥，并慷慨地说："我喝腻了，送给你尝尝。"临走，又嘱咐道，喝完了记得把咖啡桶还我——摆在家里好看。

现在，在小哥看来，咖啡桶比咖啡有价值得多。

王局长打电话

刚到机场的王局长忽然想起了一件事，拿出手机拨起了局办公室的电话。

"喂，是局办公室吗？请看看王承东的办公桌上有没有……"

"你打错了，我们局没有王承东这个人。"一个非常动听的女中音。

"喂喂喂，别挂，别挂，麻烦你……"王局长着急了。

"喂，你神经病怎么的？我们局只有两个姓王，一个王局长，一个王处长，我说过没王承东这人。"动听的女中音也不那么中听了。

"就是叫你看王局长的办公桌……"一气之下，王局长的声音也高了八度。

"你是……谁？"女中音带着一丝颤音。

"我就是王承东！"

"你……王承东？就是……王局长？"

"废话,你这才知道……"

"哦,王局长,实在对不起,我确实不知道,您老别生气,我马上就去。"

"……"

小偷的绝招

小偷张突然堂而皇之穿上了警服,成了一名警察,干起了捉拿起他以前的同伙王、李、陈、孙的正经行当了。

在王、李、陈、孙没有丝毫防备的情况下,张轻而易举就将他们一起擒获。开始时,王、李、陈、孙以为张在玩什么把戏,没当回事。当终于弄清张并非玩笑时,王、李、陈、孙才大吃一惊,随之便感到了问题的严重性。

好在张并非忘恩负义之人。张还念着昔日与王、李、陈、孙一起同冒险、共玩乐的时光,没有马上把王、李、陈、孙送进局里,而是一本正经地对他的旧日朋友发出了严正的警告,然后又推心置腹地对他们说:"以后别再干这小偷小摸的勾当了,既担风险又发不了什么财。"

末了,张还将一密招悄声授予几位:要干就去干官家,一把手的官最好。钱可以不要,物可以不拿,但凡有文字记载的东西一样也不要留下。这样只要得手一次,就能保大家伙儿后半生无忧无虑地过上优哉游哉的生活。

王、李、陈、孙始而不解,张只好现身说法进一步解释道:"我就是因偷了公安局局长家后才有了今天这套警服。"

"哦,还是张老兄高明!"王、李、陈、孙一个个竖起了大拇指。

此后不久,王、李、陈、孙一个个都人模狗样地成了堂堂正正的国家工作人员。

编辑上当

王编辑又从浩如烟海的来稿中获得一篇佳作,看作者姓名和通讯地址都很陌生,编辑喜不自禁,忙将其重新誊抄一遍,署上自己的大名和地址后投给另一家有名的杂志社,那杂志正举办一个全国性的征文活动。这篇投去肯定获大奖,王编辑想。

俗话说,靠山吃山,靠水吃水。王编辑正是凭着这一有利条件为自己挣得了不菲的名和利。果然,王编辑的"大作"很快就在那家杂志第10期上发表了。年底征文结束后,那家杂志第12期上公布了获奖名单,王编辑荣获一等奖。

不久,3000元的奖金也寄到了王编辑手里。

那天,王编辑用那笔奖金在酒店宴请同事,酒过三巡,王编辑便拿出那本杂志的新年第一期向文友们吹嘘,说这权威杂志就是比我们的刊物办得有水平,只是要在这上面发表作品确实很难,我也是第一次在上面露脸。说着便将杂志给同事们传阅。突然,翻杂志的那位女同事一下子惊叫了起来:"唉,该死,文抄公总是屡禁不绝……你们看,这家名牌杂志也不能幸免。"王编辑和同事们都纷纷围过去一看,题目是《痛揭"文抄公"》,内容是一封读

者来信:贵刊第10期所刊载的王××《××××××》(后又获一等奖)一文系抄袭4年前×××刊物上的一篇文章,标题连同标点符号都一字不差。信后还附编者按:经查,该读者揭露的情况属实。本刊将立即追回王××的奖金,今后将永不刊发王××的作品。王××当然系王编辑的名字。

王编辑一看那封来信的读者姓名和地址,不正是当初来稿的那位作者吗?

"啊……"并没喝醉酒的王编辑突然"醉"倒在桌子下面。

瘫在桌子底下的王编辑嘴里还嘟嘟囔囔:"上当了,上当了……"

像酒话,又不像酒话。

我成作家了

接到胡编辑的电话,只能用一个词儿来形容我当时的心境:受宠若惊。好人呐,难得的好人!若不是遇见胡编辑这样的好人,我现在还不知道啥叫文学呢!好心的胡编辑不仅让我一个月之内在晚报露了五次脸,还精心将我的每一篇文章做了大幅修改,改得连我自己都差点儿认不出了。你说说,这得多强的责任心?现在胡编辑又亲自打电话给我,让我去报社一趟,说要跟我谈谈创作上的事儿。这可是我接近文学圈子的一个绝好机会呀,不是有人说过嘛,要当作家,首先就得认识作家。认识胡编辑就是我成为作家的第一步。

我编了一个理由,找领导请了半天假,赶到报社。胡编辑正在写诗呢。我瞪大眼珠儿品了好一会儿,硬是没一句品出味儿来。估计这就是文学的高深和意境吧,我对胡编辑简直是佩服得五体投地——我品都品不出来的东西,他竟然能写出来,多不容易啊!胡编辑说小刘啊,你写的东西有很强的思想性,我一眼就看出你是个很有潜力的作者,目前我市的文学队伍很缺乏你这样思想深刻的作者啊。我诚惶诚恐地不知该说是还是不是,只晓得一个劲儿地点头,点得脖子生疼。胡编辑问,你愿不愿意加入作家协会呀?我诺诺地问他们会要我吗?胡编辑说我就是作协的副秘书长,目前我们作协正在大力培养、发展新人,我第一个就想到了你,今天想征求一下你的意见。我一听,笑得使了好大劲儿才把嘴合拢,连连点头说愿意,愿意。胡编辑说那你先交三百元的会费,改天我把会员证跟收据一块儿给你。

后来胡编辑给我会员证的时候,我非常激动,做梦也没有想到我这么快就加入了作家协会,成了作家。我家祖上几辈人可从来没出过一个作家呢!后来虽没有给我收据,我也不是太在乎那玩意儿。

打这以后,在人前,我的腰杆挺得倍儿直。每逢有客人来,我总把作协会员证故意摆在最醒目的位置,在客人的交口称赞中腾云驾雾。

我决定好好写,要不然也太对不起胡编辑的一片厚望了。我的初步计划是一年内崭露头角,两年初见成效,三年嘛,嘿嘿,我就成了知名作家了。我这人可不是傻子,精着呢,我知道首先要在本地建立起自己的根据地,然后再加以巩固,等在这里站稳了脚跟,再向外发展,冲向全国。于是我写了一大堆思想很深刻的东西向本地的报刊砸过去。可一个月下来,愣是没有音信。我想这事儿可不能着急,得循序渐进,慢慢来。我又打起精神挑灯夜战。可我光见自己往水里扔东西,却没听到水响,好像我投的都是哑弹、臭弹似的。又一个月过去了,我在心里不禁对这些编辑的水平有些怀疑,这些人到底懂不懂文学?连我这样有潜力有深刻思想的作家的稿子都不用,到底是在玩什么呢?这分明是对我的轻视,是对一个作家的不尊重嘛。已经有街坊邻居问我,说你最近咋没在报上露脸呢?看来得表明身份了,我想。我把电话打到第一家报社说我是某某啊,我的稿子你们咋一篇都没用?我可是市作协的会员,是作家啊!那边说不好意思,你写的东西太深奥,读者会看不懂的。我又打第二个电话,告诉他们我是作家,那边说对不起,我们市的作家太多,版面有限。我又打了第三个电话说我可是作家啊,那边说拜托你,以后别动不动就说自己是作家好不好?我们每天至少接到三个这样的电话,都称自己是作家,也不知一下子从哪儿冒出这么多作家。我说我可有红皮儿的会员证,货真价实,绝非假冒伪劣。那边说你有那玩意儿也没用,好多跟你一样的作家在我们这儿都上不了稿子呢!

放下电话,瞅着这本鲜红的会员证,我有些懵了:我到底算不算是个作家呢?

孝　子

上午,黄县长夫人匆匆忙忙来到县政府,一进县政府大门就被门卫小杨给热情地叫住了。"苏大姐,您好!"小杨觍觍地说。

小杨当门卫的第一天就知道,黄县长夫人是一个厉害角色,黄县长是出了名的"耙耳朵"(怕老婆)。只要讨好了县长夫人,就等于巴结到了县长。要是那样,他转正也就有希望了。再说,小杨正暗恋着县长的千金娜娜。

小杨本还想说点儿卖乖的话,不料县长夫人来一句:"好什么好,你们黄县长出去没有?"一副气冲冲的样子。

恰好黄县长到建设局剪彩去了。看到县长夫人那副吓人的面孔,小杨只好如实相告,说完还讨好地加上一句:"大姐,到底出了什么事儿?要不跟黄县长打个电话吧!"

"打什么鬼电话,我打好半天,他的手机都关着,唔唔唔……"小杨万万没想到县长夫人说着说着竟哭起来了,"他出门的时候明晓得丫丫病得厉害,他偏说没事,这下我们家丫丫都死了,他连人影也找不到……"

"啊,丫丫死了?"小杨也吓着了,小杨知道丫丫是县长夫人的宝贝,"我马上就去叫县长。"说完,跳上自行车蹬蹬蹬飞快地去了。

小杨远远就看到建设局剪彩的地方人山人海,音乐声混着人群的嘈杂声山呼海啸般地吼着。一去才发现县里各大单位的头头脑脑都聚在那里。外面还有几十个全副武装的警察虎视眈眈地盯着过往的行人,像是盯守犯罪嫌疑人似的。县长正高高地站在主席台上兴高采烈地讲着什么。讲的什么,小杨没听到,也没心思听。小杨正要往人堆里挤,无奈被警察们拦着进不去。警察说,县长有令,只准出不能进。小杨人年轻,又刚参加工作不久,警察们都不认得他,也不把他放在眼里。

实在没法儿,小杨只好在人堆外甩开喉咙喊:"黄县长,黄县长,你们家丫丫死了。"

正讲话的黄县长显然不可能听得见。因此，小杨还得声嘶力竭地吼。

黄县长虽没听到小杨的喊声，但周围的人却听清了。那些头头是认得小杨的，也知道小杨的身份。听了小杨的喊声，一个个都惊了一大跳，心思便不在剪彩上了。

也不知是谁最先开始行动，反正一会儿人堆里的头头们都散了，只剩下建设局李局长还陪着黄县长坚守着阵地，此外便是些凑热闹的观众。李局长也正着急得不得了。

"怎么？那些人呢？"黄县长讲得正起劲，突然发觉下面没几个熟悉的面孔了。

"黄县长，说是你们家娜娜死了，他们……他们多半是……"身边的李局长赶紧对黄县长耳语道。

李局长想说其他单位的头头都到您家表现去了，但突然意识到不妥，就没说出来。

"啊，死了！"黄县长一听，也显得很是着急，先前的兴致立马从脸上消失殆尽。

"同志们，因为县里有特别重要的事情，今天的剪彩就改天进行！"没等黄县长再开口，李局长迫不及待地对建设局的职工宣布道。说完就命司机赶快把车开过来。

因黄县长的司机被黄县长叫回去了，李局长便叫黄县长与他一起坐自己的车。

车径直开到了黄县长的家。

下车一看，黄县长住的小院里已搭起了一个气派的灵堂，那些先前从剪彩现场逃离的头头脑脑们齐刷刷地跪在灵堂前，一个个面带戚色，作悲伤痛苦状。小杨不知在忙什么，室里室外地来回奔走。

看到眼前的情景,李局长一下车便咚的一声跪倒在灵堂前,哇的一声悲号起来:"娜娜啊,娜娜啊,你这么好的孩子为啥就这么去了啊,我以前可从没听到生病的消息啊,要不然,我这当叔叔的说什么也要治好你的病啊。唔唔唔,娜娜,你又听话,又是大学生,国家将来还要靠你做贡献啊,为什么?为什么?天啊?唔唔唔……"

"你乱号什么?这死的是黄县长家的狗丫丫!"小杨不知什么时候站到了李局长身后,边骂边飞起一脚狠狠地朝李局长的屁股踢去。

小杨虽明白自己对娜娜的感情是癞蛤蟆想吃天鹅肉,不可能有任何非分的奢望,但他就是忍不住想她,因此,一听到有人在咒骂娜娜,他就怒不可遏地跑出来了。

"你……"李局长回头一看是小杨,正要发作,但看到黄县长也正愠怒地盯着他,有些莫名其妙了。因为他压根儿没听清小杨的话。

"你们都给我起来,你们搞清楚没有,我家只死了一条狗,不是人。你们再在这里乱吼乱叫我可不客气了。你们连一个门卫都不如……"黄县长怒声喝骂道。

"啊,是狗死了……"一个个头头们都满面羞愧地从地上爬起来。

只有门卫小杨一个人在一边偷偷发笑。

第二辑

浓情款款

男人和女人的童话

男孩从小老实憨厚、少言寡语，因没读多少书，父母便让男孩学了门木匠手艺，为的是将来能养活他自己和他的老婆、儿女。

男孩终于成了男人。

在那个大雪飘飞的日子，男人娶回了他的女人。女人非常美丽，男人很爱她。

男人没有更多的甜言蜜语。为了让老婆生活得好，结婚十天不到，男人便外出找活儿干了。男人手艺精湛，请他的人很多。男人有干不完的活儿，一去便没时间回家。

女人在家过着舒适而又枯燥的日子。有一次，做饭的灶突然垮了，女人请来灶匠李二娃。李二娃手艺很好，造的灶好烧又美观，女人对李二娃很好。不等灶修好，女人便与李二娃好上了。

两年后，男人回了一次家。男人知道了老婆与灶匠李二娃私通的事。男人没有发火，没责怪老婆。男人只狠狠地捶打自己，认为自己没出息，没有造灶的手艺。于是男人决定学灶匠。

男人学会了造灶，而且手艺比李二娃还好。男人又外出为人造灶，请他的人很多，男人又久久不能归家。

在家的女人仍过着优裕而落寞的生活。不久，家里的席子烂了，女人请来了张篾匠。张篾匠席子织得好，席子还未完工，女人又与张篾匠好上了。

又是两年后，男人回了一次家。男人得知了老婆与张篾匠的私情。男人没怨恨老婆,仍是狠狠地捶打自己,认为自己没出息,没学好篾匠手艺。于是男人又学起了篾匠。

篾匠手艺学好了,找男人做篾活儿的人又多了。男人又不得空闲回家。有一天,家里盛水的石缸坏了,女人又请来了王石匠。不几天,女人又与王石匠好上了。

终于有一天,男人回家了。男人得知了老婆与王石匠的事。男人没怪老婆,还是狠狠地捶打自己,认为是自己没学石匠的原因。于是男人又学起了石匠。

石匠学好了,男人找到一个石匠的活儿,这一干又是两年。女人在家过着更加寂寞的生活。有一天,家里的床坏了,女人知道自己的男人是木匠,女人没再找别人。女人到石场去找男人回家修床。男人老老实实地说,他早已将木工手艺丢了,不能再做木工活儿,而且早年干木匠的工具都卖掉了。

女人又得去找朱木匠。床修好了,女人又与朱木匠好上了。

石场的活儿干完的那天,男人回家了。男人又知道了老婆与朱木匠的事。

这次,男人不再捶打自己。男人困惑了,哭了。男人不明白自己做错了什么。

以后,男人不再学什么手艺,也不再出去干活儿了。失去了收入,家里的日子一下子清苦了,但女人对他特别好,没再与别的男人好了。

有那么一天,原来与女人好过的灶匠李二娃来找女人,被女人骂得狗血淋头,跑了。接着,张篾匠也来找女人,也被骂跑了。后来,王石匠、朱木匠又来了,都被女人无情斥骂跑了。女人说:"我有老公,你们那些臭男人滚远些吧!"

可没过多久,女人因病,生命到了尽头。女人临终前对男人

说:"那些年,你不在家时,都是我——那灶是我弄垮的,席子是我割破的,水缸是我砸烂的,床也是我有意弄坏的。你知道吗?"说完便在男人怀中永远闭上了眼睛。

文盲丈夫

女孩是被人贩子拐卖去的。被迫成家以后,女孩才知道那男人三十几岁,虽不算太老,却是个一字不识的文盲。之后又发现这文盲男人既老实又胆小,老实得三天说不上两句话,胆小得见血都会发晕,别人杀鸡都不敢看。

难怪这男人家穷得叮当响,在本地讨不到媳妇。一想到要跟这样的男人生活一辈子就悲哀至极,女孩好多次想逃离这个男人家,可男人的父母及亲属把她看得太紧,一直没有逃离的机会,但她心里从没放弃过逃离的念头。

然而不久,重病突然降临到女孩身上,医生说,不输血就可能有生命危险。为买女孩,男人家欠下一笔不小的债,如今他们哪支付得起医院那昂贵的血液费?

"没钱买血,你们只好自己去找人输血!"医生说。

"那就输我的血吧!"急得团团转的男人想都不想就赶紧说道。

或许是天意,男人的血型与女孩的相同。

抽血时,医生的针管还未扎进男人的手,男人就吓得直打战,但看到生命垂危的女孩,男人硬是紧咬着牙关。随后,男人不敢看医生在干什么,只一直盯着女孩微笑着,女孩也一直看着他。当医生说"好了,你可以起来了"时,男人无意中看到了医生手中的玻璃管。见到从自己身上抽出了那么多鲜红的血液,男人啊的一声晕了过去。

醒来后,男人问:"医生,我还能活多久?"

医生不解地望着他:"你认为输了血就会死吗?"

"难道不是吗?"男人幼稚得像一个小孩。

医生正想嘲笑男人的无知,但看到眼前这个憨厚得近乎木讷的男人,突然想到先前的情景——这男人迫不及待对他说:"那就输我的血吧!"

医生心中突然被震撼了:这男人原来是下了必死的决心来救这女孩的!

"放心吧,你不会死的,输血是不会死的!"医生紧紧握住男人的手,手心渗出了汗。

男人眼中放出了光彩:"真的?那医生你说,我还能活多少年?"

"你能活到100岁,小伙子,你很健康啊!"一个在场的老护士想逗一逗这个无知的男人。

男人听到这里,立马又挽起衣袖,咬紧牙关,高昂起头,对医生说:"那就把我的血抽一半给她,让我们两人都能活50年!"

"你不怕又把你吓晕倒?"护士故意打趣说。

"只要你们不要让我看到血,我就不会再晕倒了,来抽吧,只要我与她都能再活50年……"

男人与女孩再各活50年,也不知男人是如何计算的。但在场的所有人都震惊了,包括病床上的女孩。在女孩的感觉里,她到男人家三个月,今天男人说的话比那三个月加起来都多。病床上正输着血的女孩早已是泪流满面了。

在女孩眼里，男人说的全是傻话，但却是真正击中她心灵的话。

女孩很快就康复出院了，再次回到男人家的女孩也自由了，可她再也没有过逃离的念头了……

室友赔饭

我出生于一个农村贫困家庭，上大学后，家里每月只给我60元钱的生活费，就这每月的60元也要靠父母东拼西借，所以，很多时候，我不能保证每月按时拿到这钱。为此，我必须在每月结束时留有余钱，否则，下个月开始几天就有可能挨饿。

谁都明白，每月60元的生活费对于20世纪末大城市的消费水平来说意味着什么。

更让我自卑的是，我们寝室4个男生，除了我，杨斌、曹昌健和张涛都来自城市家庭，他们都能尽情地消费，而我则是每顿饭菜都必须拣最便宜的买，肉菜更是与我无缘。然而，强烈的自卑又换来我极端的自尊。我害怕同学尤其是室友看到我的窘境。每到吃饭时间，我都尽量避免与室友碰面，即使偶尔碰见了，我也会找各种理由避开，直到看到他们三人去食堂有一阵了，我才拿着饭盒独自一人前往。我打好饭便躲到食堂那个角落去吃，这儿大多是外系或外班的学生，而且很多都是与我一样的穷学生。

然而，这种局面在维持了三个月后被打破了。星期五那天中

午,我刚走到那角落里开始默默吞咽的时候,一个冒失的家伙突然从我身后撞了过来,我的饭盒连同刚只吃了几口的饭菜一起啪地倒在了地上。我心疼不已,正要大发怒火,一抬头才发现是我室友杨斌和曹昌健两人在一前一后追逐。看到他们,我的火气一下子没了,脸唰地涨红了。正想要为自己解释点儿什么,可还没等我开口,撞倒我饭盒的杨斌连声道歉说:"对不起,对不起……"

"你撞倒了人家的饭,光说对不起有什么用,还不赶紧打盒饭来!"曹昌健催促杨斌道。

"不用,不用……"

可我话还没说完,杨斌立马从地上抓起我的饭盒就跑到卖饭窗口去了。仅仅一盒饭被撞倒了岂能让同学赔?那不让别人笑话我吗?我要赶过去阻止杨斌,却被曹昌健一把拉住:"别拦他,他这种冒失鬼就是该惩罚!"

正当我与曹昌健争论不休时,杨斌已端着饭盒回来了。

"耽误你吃饭了,对不起,你慢慢吃,我们走了!"杨斌将饭盒一递给我,他们两个又嘻嘻哈哈跑了。

我打开饭盒一看,里面装得满满的,不但有回锅肉,还一份黄焖鱼和几片油炸鸡块。那是我进大学以来吃得最好最饱的一顿。事后,我本想对杨斌说点儿感谢的话,可想来想去又实在不好说什么,只好玩笑似的说了一句:"杨斌,今天真不意思啊,让你请了客!"

本来,这事过了就过了。没想到的是,刚过了一周,这样的事再次发生在我身上,情形与上次差不多,只是,这次是张涛追曹昌健,撞倒我饭盒的是曹昌健,赔我饭菜自然是曹昌健了。

回寝室后我没说什么感谢之类的话,我问他们:"你们咋喜欢在食堂里追逐呢?"

"我们看到一个最新资料,说是饭后马上跑步利于消化,健康,所以……要不,你也加入我们的饭后跑步?"他们明知道我平时就是一个不爱活动的人,更何况对于本就没吃得很饱的我来说,哪用得着跑步来消化。

"我才不相信那些呢。"我装着不屑地说。

后来,他们饭后跑步的把戏让我渐渐产生了怀疑。因为再下一周,杨斌和曹昌健两人追张涛,张涛又成了我的"冤大头"。饭菜依然那么丰盛,至少有三样肉菜。食堂那么多学生,没听说他们撞别人,为什么偏偏就撞倒我的饭盒?而且为什么每一周都是在星期五?

如果前三周还仅是怀疑的话,那么从接下来的第四周、第五周、第六周我都会在星期五的中午遭遇他们三人中一人的碰撞、而且是三人轮流撞我这规律来看,我不得不断定他们是早有预谋的。

因为忙于期末考试,我一直没来得及揭穿他们。寒假离校的前一天晚上,我下定决心将这事说了出来。见我摆出一副不达目的誓不罢休的架势,他们最终不得不承认这确实是他们的"阴谋"。原来在前三个月,他们就已经注意到我吃饭时的异常,后来终于发现了真相,而且又弄清了我的家庭情况,三人便合计出了一个恰当的"计谋":轮流赔饭,让我每周打一次牙祭。

"实在对不起,明凯同学,我们是真想帮你,但又怕你不接受,所以……你不会怪我们吧?"

此时此刻,我还能说什么呢?只能任男子汉的眼泪哗哗地往下流……

撕掉的是哪本书

高中前两年，我的成绩在班里名列前茅，是别人眼里的大学苗子。高三时一个偶然的机会，我接触到香港武侠小说，那跌宕起伏的故事情节、扣人心弦的武打场面让我如痴如醉。我沉迷其中不能自拔，上课看，下课看，甚至晚上不睡觉也看。渐渐地，我的成绩也飞速下滑，上大学就成了遥远而渺茫的梦。

一天晚自习，正当我为《书剑恩仇录》中主人公陈家洛的命运所担忧时，眼前蓦然闪过一个黑影，我手中的书倏地不见了。初始我还以为是哪个武功高强的世外高人，待清醒过来后，发现面前赫然站着我的班主任陈庭芳老师！随着陈老师手中一阵稀里哗啦的响声，那本《书剑恩仇录》霎时成了七零八落的碎纸片。一股怒火直冲我的脑门，我霍地从座位上站起来，双拳一挥，正要给陈老师来一个"推窗望月"，突然看到陈老师那慈祥的面容，我的双拳只好无力地垂了下来。

"如果你能考上大学，我会将原书还给你的！"陈老师说完就走出了教室。书已经撕了个稀巴烂，我就是考上博士也不能"破镜重圆"了啊！这明明就是在讽刺我，看不起我！这话明摆着就是：你要是能考上大学，水能倒流，破镜能重圆，烂书还能"回炉"！这句话激怒了血气方刚的我，我一定要争口气，给陈老师点儿颜色看看。自此以后，我极力克制住看武侠小说的欲望，发奋读书。但我在心底却一直对陈老师耿耿于怀，倒不是因为那句生硬的话，而是因为那本《书剑恩仇录》是我花了自己三个月的饭钱从广州邮购的，一想到珍贵的书就那样被陈老师撕毁了，我就忍不住生气，这就更激发了我学习的斗志。

从那以后，我在努力学习的同时，一直在寻求报复陈老师的机会。

没想到，没过多久机会就来了。

每天上午第二节课后课间操时间，同学们都要去操场做操。那天的第二节课正是陈老师的语文课，下课铃声一响，陈老师就急急忙忙赶去操场，那周是陈老师值勤，要提前去组织大家集合。我看到他没有将备课本和教学参考资料带走。课后，我故意在座位上磨磨蹭蹭地收拾东西，待同学们全都走出教室后，我赶紧走上讲台。一看，还有一本崭新的厚书，马尔克斯的《百年孤独》。我虽然不知那本书有多好，但一看它又新又厚，上面还盖有学校图书室的印章。借学校图书室的书，掉了是要以十倍的书价赔偿的。我想，只要把这本书拿了，陈老师肯定着急。我拿过那本《百年孤独》就回到座位，放进我的抽屉里，然后飞快地跑去操场……

那天接下来没有陈老师的课了，课间操后，陈老师叫语文课代表将他的备课本和书拿到办公室去。语文课代表回到教室后，大声问全班同学：谁拿了陈老师的一本书？同学们都说没拿，我却不出声，心里则在幸灾乐祸地说：哼，这就是撕我书的代价！

当天晚自习时，陈老师又亲自到教室里问了一次，结果当然可想而知。看到陈老师着急的样子，我突然想到一个绝妙的主意：我要在毕业时，将那本书撕碎后，将碎片塞进陈老师的寝室……这主意让我高兴了一晚。

随着日子一天天过去，我的成绩在逐渐上升。到高考前的最

后一轮摸底考试,我已经一跃到了全班第一,这是我念高中以来取得的最好成绩。可不知怎的,我心里却暗暗感激起了陈老师,要不是他,我哪能取得这样的好成绩?我报复的念头也不知不觉地淡了,到高考那段时间,我竟然忘掉了这件事。

没想到,高考结束那天,陈老师突然来找我,递给我一本书说:"给你,总算完璧归赵了。"

啊,《书剑恩仇录》!

"这……"我迟疑着,因为我一下子想起了藏在我箱子底下的那本《百年孤独》。

"这是你的书,拿去吧!"

"我的?您不是撕了吗?"我疑惑地看着陈老师。

"你翻开就知道是不是撕了。"果然是我的,扉页上还有我写下的名字和购书的日期。"怎么会……"我更加不解。

只见陈老师随手拿起另一本撕得残缺不全的书来,我一看,那是一本外国小说。

"我撕掉的是我那晚正看的书。"陈老师淡淡地说。

刹那间,我明白了陈老师的苦心,他完全是为了让我醒悟啊!一股热流涌遍我的周身,泪水夺眶而出:"陈老师,您……"

"拿去吧,傻小子……"那一夜,我失眠了。

第二天,我拿着那本《百年孤独》又羞又愧地来到陈老师面前:"陈老师,我对不起您!您这本书是我……"

"我早已经猜到了,"陈老师拍拍我的肩膀说,"我知道你是个好孩子,我已经买了一本还给图书室,这本就送给你,算作一个纪念吧……"

那一年,我以全校第一名的成绩考上了一所重点大学的中文系。

幸福就是和相爱的人一起变老

那段时间,他正处于情感的动荡时期。

因为事业的成功,他从一个地地道道的乡下农民变成了一个城里国家干部。见过了精彩纷呈的城里世界,他再也看不惯乡下那位土里土气的黄脸老婆了。然而,道德与良心,当然,还有那来之不易的职位使他不能或者说不敢轻易与老婆谈离婚的事儿。

嫌弃而又弃其不了,烦恼便在他心里自然滋生。

于是,每晚,他都会出现在那个别致的小餐馆。说它别致,是因为小餐馆除了出售清一色的素菜外,还不停地放着似乎早已过时的高雅音乐;当然也卖酒,但只有啤酒、葡萄酒之类。因此,与其说是餐馆,不如说它是音乐酒吧。用老板的话说,到这儿来的多半是一些失意、落魄之人。的确,这里单身顾客居多,顾客们多是各自默默地吃菜,闷闷地喝酒,静静地听音乐。往往一坐下便是一个晚上。

突然有那么一天,店里来了一对老年夫妇,而且从此,每晚七点钟,他们准会准时出现在小店门口。每次进店时,这对老年夫妇都是手挽着手。无论是店里顾客还是小店的主人都看得出来,他们是一对恩爱夫妻。为此,这对老年夫妇可算是小店一对特别引人注目的顾客了。

老年夫妇来的次数多了,不仅店主及服务员与他们相熟了,原来那些一向沉默寡言的顾客也似乎找到了倾谈的对象,因为这

对老年夫妻总是那么和蔼可亲。

那天,那位老先生说:他年轻时浪迹天涯,经历过许多磨难和情感坎坷。那些磨难和坎坷每一个都是感人至深的故事。回忆往昔,老先生总是慷慨激昂,言语中溢满了自豪。老先生一遍遍讲述着他的故事时,他的老伴儿总是在旁边幸福地凝听,好像她跟了他一辈子却还没听够他浪漫的故事似的。她微笑着,像一个小姑娘似的羞涩地注视着自己的丈夫;她从不插嘴,只把一只苍老的手静静地放在丈夫那同样苍老的手里。

后来,店主为感谢老年夫妇为小店带来的生气,店里每次都会在菜单之外特别为他们奉献一份水果。老先生很高兴。他说,花是年轻人的,果实才是老年人的,我们夫妇都很喜欢这水果。

有一次,服务小姐问老太太要不要试试一种新牌子的果汁,老太太微笑着摆了摆手,然后信赖地望着身边的丈夫。直到这时,老先生这才告诉大家,他的爱妻是个聋哑人。

至此,店里所有的人都被感动了,被他们这一辈子的相依相傍,被他们没有语言的至深爱情。店里的所有人都站了起来,真诚地为这一对一生相依为命的情侣鼓掌。店主特地为老年夫妇放了一曲《昨日重现》。最后,老先生握着他老伴儿的手大声说:"年轻人,让我来告诉你们什么是幸福吧。对我来说,幸福就是和我相爱的人一起慢慢地变老。"说着,便将身边的老伴儿拥进了怀里。

听了这话,看着老先生这举动,店里的人都沉默了。

那位情感动荡的年轻人也趁人不注意,悄悄离开了小店。这是他第一次提早离开。离开时,年轻人便想,从今以后,我不会再到这小店来了。

一瓶洋酒

再过十几天就是杨教授六十岁生日了,据说我们那个班的大学同学都要去。大学四年,我是班里最穷的学生,常常被同学瞧不起,而杨教授和杨师母常常关心我、帮助我,待我如亲人一般,我没理由不去。

我那帮同学都是很讲面子的,这次我再也不能寒碜了,不能让他们小看我。

无奈我家境贫寒,加之大学毕业刚参加工作,身上没丝毫积蓄,想送点儿上档次的礼物却仍是心有余而力不足啊!

正在为礼品的事儿犯愁的时候,多年不见的表哥突然西装革履地来到了我家,来时还提了一瓶 XO(最上乘的白兰地)。表哥说他现在正做这 XO 的酒生意,这次来市里进货就顺便拿了一瓶来孝敬孝敬我父亲也就是他姨父。

一见表哥那瓶 XO,我的心里一下子惊喜了:这不是送给杨教授最好的生日礼物吗?表哥真是送得太是时候了。

可父亲一见这全是外文包装的 XO 就高兴得不得了。父亲说要留着过年好好享受一下。也难怪,父亲虽喝了一辈子酒,但都是老白干,洋酒是啥滋味他都没尝过。表哥一走,父亲就把那瓶 XO 藏了起来,而且每天都去拿出来看一下,生怕哪个偷了或者喝了似的,其实家除了他没别的人喝酒。虽然我知道父亲不会不答应让我送给杨教授,但见父亲那个兴奋劲儿,本想对他明说

的,可我开不了口了。我又犯愁了。

眼看离杨教授的生日只有三天时间了,怎么办?

冥思苦想了很久,突然想起表哥说他是做 XO 生意的。一个狸猫换太子的办法终于在我脑海里成形了。

我听说 XO 是法国的红葡萄酒,于是我从表哥那里拿回了一个 XO 包装和空酒瓶,再从商店里买了两瓶普通的红葡萄酒灌到那 XO 空瓶里,封好,然后放到父亲藏酒的地方。

杨教授生日那天,我特意挨到中午时分才提着早已准备好的那瓶真 XO 往教授家去。我知道,那时,同学们大都到了,我要让同学们看看我陈刚送的可不是一般礼品。果然,杨教授一接过我手里 XO 就显得非常高兴,而同学们也纷纷用妒忌的目光看着我。原来他们送的最高档的酒也不过是茅台和五粮液。

那天,我在同学面前真是挣足了面子。可想起自己干的欺骗父亲的事儿,从杨教授家回来后的几天,我心里非常不安,总想向父亲坦白,但因公司事务太忙,一直没能找着机会。时间一长,我便渐渐将这事儿给忘了。

转眼就过春节了。除夕那天,父亲将他的几个酒友招到家里来。酒友一来,父亲便得意扬扬地拿我给准备的那瓶"洋酒",说是要让他们见识见识。父亲的酒友大都是下岗工人,平时连生活都困难,哪见过洋酒的样儿。

"这可是法国产的洋酒哦,好好品尝品尝,"父亲兴高采烈地劝酒友们喝,"这可是我儿子参加工作后给我买的啊!"

"你真有福气,养了这么好的儿子!"

"还是陈师傅能干,把儿子培养出来了!"

"陈师傅终于熬出头了,该你享福了!"

听到酒友们不断的夸赞声,父亲眼里泪花闪闪。我不知父亲为何要编出我买酒的事儿,很想当面纠正父亲的话,并顺便说出这酒的真相,但我实在不忍扫父亲和那帮酒友的兴。

那一晚,父亲喝醉了,凭父亲的酒量,是绝对不应该喝醉的。父亲是兴奋得醉了。

那一晚,我平生第一次失眠了。想了一晚,我决定把换酒的事儿告诉父亲,不然,我一辈子也不会安心的。

第二天,当我告诉父亲真相后,没想到,父亲对我一阵吼:"你表哥早就告诉我了,不用你说!"

更没想到,稍后,父亲又拍拍我的肩膀说:"孩子,你不要在意,你把酒拿去送杨教授是对的,你爸只不过想在朋友面前挣挣面子……"

阴差阳错

从小爱好文学的我,进大学中文系后更是如鱼得水。不久,我的作品便在校园内外刊物上接连登台亮相。一年后,我成了中文系乃至全校有名的才子。可我依然拥有一颗自卑的心,这缘于我"三等残废"的个头,还有那张一点儿也算不上英俊的面孔。当我面对女性时,这自卑就表现得尤为突出。

然而青春的躁动并不会因我的自卑而减弱。我渴望女性,尤其渴望有一个漂亮女朋友。终于有一天,一个目标闪进了我的视野。那是一个风姿绰约、气质高雅的女孩。虽然我极有自知之明,但仍忍不住想靠近她,接触她。不幸的是当我有意走过她身

旁或者她无意走过我身旁时,她都带着一副目不斜视、旁若无人的高傲姿态。这姿态只能让我慕而畏之,恋而远之;让我本就自卑的心更加看不起自己。

我只知道她是外语系的,别的任何情况我便一无所知。但我没胆量向别人打听。有句俗语说:得不到的东西最珍贵。我知道今生我没法得到她,但我却控制不住对她的日思夜念。多少次在梦中与她携手漫步于校园的林荫道我已数不清了。在心头悄悄地想着她,炽烈地恋着她,我却不知她姓甚名谁。

极端的自卑让我只好独自咀嚼这相思的甜蜜与痛苦。每当看到她身边不时变换着殷勤追随着的男孩时,我就特别地恨,恨自己,还恨造就我这幅身坯的爹妈。

当时,校园有句流行语:大三、大四,女生的爱情还没到,这女生多半没人要。言下之意,到大三、大四还没对象的女生,多半就是被人瞧不上眼的。眼看大三就快结束了,我还孤独一人望春风,与我周围那些常携女友出双入对的哥们儿极不协调。当然,作为校园文学社的社长兼社刊《芳草地》的主编,我的身边并不乏追随的女孩,但与我锁定的目标都相去甚远。这或许与我酷爱的那劳什子文学有关吧。

眼看我真没辙了,也没戏了,因为越到大四,我挑选的余地就越小了。未料,就在大三结束前夕,我的案头突然飞来一篇稿子。那是一篇极富灵感极富才华的爱情小说,一看作者,是外语系一名叫王芳的学生。因小说有几处小地方需要修改,为征求本人意见,便通知了作者与我见面。见面后我才发现这是一个对文学有着独到见解的女孩,而且我们之间有着许多共同的话题,于是我对她便有了好感。女孩人虽不是很漂亮,但也算较有魅力的那种。此后,我便思量,能找一个这样的女孩恋爱也不错。虽然我对心中那个她一直念念不忘,但我知道再不能有任何非分之想。

为此,饱尝孤独寂寞的我便展开了对王芳的攻势。凭我的个性我不敢当面向她倾诉什么,再说我还不知她是否有对象,于是凭借我妙笔生花,我给王芳写了一封试探性的求爱信,托一位亲密的哥们儿转交。

回信很快传来了。信中写道:我以为你这样的大才子高不可攀,只能让人敬而远之,我以为你这种人不会主动追求女孩,只等女孩来追你呢。你的信让我意外,也有一丝惊喜。倘你有兴趣,于今晚七时于校园内荷塘边相见。

信很短,但足以令我狂喜。

晚上七点整,我站在荷塘边的凉亭里,借着朦胧的夜色,看到一袭修长的身影缓缓向我飘来。虽看不清面容,但我知道是她——王芳,因为这地方平时少有人来。带着抑制不住的喜悦,我疾步向她奔去……

是你?

怎么,不是你约我出来的吗?

你?——王芳?

你不知道我叫王芳?

"啊!"不过我没啊出声来,我怕引起她的怀疑。

故事讲到这里,想必你该知道,眼前的这个她就是我多少次魂牵梦萦的那个美丽的身影。

原来外语系有两个王芳,同名同姓。

更让人没想到的是,当我们的恋情进入白热化时,王芳向我倾诉了她心中的秘密:其实她早就知道我,而且一直倾慕着我,将我当作心中的白马王子。为此,尽管身边有许多男孩围着她,可她一个也看不上。只因我从未对她有过任何表示,女孩子特有的

矜持和羞涩让她只好在我面前故作高傲。

听了这话,我的心头不仅洋溢着浓浓的爱意,还有一种说不出的振奋。

爱在灯火阑珊处

此时,松和洁正一同向街道办事处走去,他们是去协议离婚的。

松和洁结婚五年了。

松虽是一名中学特级教师,在课堂上能对他的学生滔滔不绝地表现得神采飞扬,但平时,尤其是在家里,松却总是寡言少语。松是一个性格内向的人。而洁天生活泼开朗。洁作为一家大公司的公关部经理,见多识广,且接触的大都是一些成功人士。那些人不仅在生意场中如鱼得水,在应付女人方面也是行家里手。

洁本来就年轻漂亮,在外面听的奉承话很多,可洁只想那些话能从丈夫松口里说出来。令洁失望的是,松很少对她说:"亲爱的,你真漂亮!"松一开口便是指责她这件衣服搭配不当、那种发饰不好看诸如此类令洁扫兴的话;至于"我爱你"三个字,更没听到松亲口对她说过。

洁便怀疑丈夫是不是不爱她了。为此,洁一回到家便常常找他的茬儿,目的是激发松说那些缠缠绵绵的话。然而松还是松,依然是三天放不出一个屁来。洁便认定松对她已没有爱了。

失望之后便是绝望。洁想,与不爱自己的男人过一辈子实在太冤了。凭自己的条件要找好男人哪里不一抓一大把,就是在那些经常在她面前大献殷勤的男人中随便挑一个也比丈夫强啊。

于是,洁便率先为她与松的婚姻亮起了红灯。

本来,洁一开始提出离婚,还多少有点儿赌气的意思,毕竟五年的夫妻了。可当洁一说出那两个字时,松没丝毫反对的意见,只说了一句:"你觉得离了好就离吧!"一听松这样说,洁便不再有丝毫的犹豫了。第二天一起床,洁便拽着松往离婚的路上奔去……

"洁,我还是把这药先给你吧,离婚后,你可不能再像以前那样经常忘记服用。还有,我还是要提醒你,酒还是要尽量控制……"正要跨进街道办事处大门时,松突然说。

洁不看就知道那是自己每天必服的胃药。

因为公司应酬,经常喝酒,洁的犯胃病已有两三年了。可洁因忙于公司的事务时常忘记服药,这药就一直由松管着,每天晚上按时将开水和药放在她面前监督她服下。

听了松的话,看到那瓶还剩一半的胃药,洁的心中陡然一阵发酸。不知怎么,洁禁不住埋怨松道:"你难道一点儿都不留恋?为啥我说离,你就离?"

"我当然留恋,而且也很痛苦;可我也想过,你觉得我们在一起不快乐,我还有啥说的呢?"松郑重其事地说。

洁的泪水终于忍不住一下子涌了出来:"松,我们还是回去吧!"

此时的洁才突然醒悟,她虽阅世间男人无数,真正关心她的还是只有松。外面那些男人尽管在她面前口若悬河,好听的话说起来比蜜还甜,可那些人无非是想在她身上寻找点儿刺激罢了。不然,他们为何明知道她有胃病,还极力怂恿她喝酒?虽然松平

时没有表现在嘴上,可松对她无时无刻不透着爱和关心,即使是那些指责。

哦,松爱得含蓄,爱得深沉。爱到极处不言说。所谓大恩不言谢或许就是这个道理吧!

洁一想到这里,便蓦然觉得,爱就在灯火阑珊处。

从此,与松恩恩爱爱的洁即使把松同外面那些男人比较,也只看到松的好处了。

突然袭击

因文学的牵引,进报社或杂志社是我理想的职业,然而师大毕业后不得不回小城当一名语文教师。语文教学本应于我的文学有益,可小城的教育只要我向学生灌输知识、揣摩各级命题者的意向,别的只是我的一厢情愿。我的特长非但于教学无用,封闭乏味的生活更是扼杀了我的创作激情。几年以后,我的教学和创作都没取得丝毫成绩。

"天生我材无用处。"自怨自艾使我本无快乐的生活变得更加苦闷。很多人劝我到大城市发展,自己也想过出去,可终舍不得抛妻离子。妻的漂亮在小城是惹人的,小城还有一位苦苦追求过妻的男人,那男人已是一位功成名就的人物了。这一点我尤其放心不下。

因为猜题的失误,那年高考我班的语文成绩一塌糊涂,影响了学校的升学率也影响了学生的前途。领导的批评、学生及家长的不满弄得我抬不起头来。见我成天唉声叹气的样子，妻有一句无一句的"窝囊废"更砸得我心头冒火。我也正好借机发泄。一个暑假，家也无宁日。

临近开学时，妻子一改往日的冰面，温和地对我说："明凯，我与成都那报社的同学联系好了，让你9月份就过去当副刊编辑！"初始有点兴奋，可细想一阵，不对：妻为何要我去远在千之外的成都？这么多天不冷不热，为何一下子对我的态度好了起来？她不会有什么不可告人的目的吧？

她要我走，我偏不走。开学时，我返学校上班。可学校说，妻早已为我办了辞职手续。

原来……

无奈没有证据，加之我已无退路，只好任妻摆布。

临走时，我定定地盯着妻子，看她非但没有别离的愁绪，反倒有点儿高兴，我的疑虑越甚，心也更凄凉。当我抱着三岁的儿子总不肯放手时，妻瞪我一眼："你也像个大男人？"一把将我推上长途车，像甩掉一个绊脚石似的。

编辑工作，发挥了我的特长，开阔了我的视野。短短时间，我的创作便突飞猛进。然而，每当夜深人静时，思念之情便如毒蛇般纠缠着我，啃噬我心。我怀疑妻，但我从未淡漠过对妻的爱，何况我们还有一个可爱的儿子。

一个月后就是中秋节了，那年的中秋刚好与国庆同一天。成都的大街上早早地就弥漫着节日的气氛。看到报社同事们热火朝天地给全家准备各种节日食品、礼品，我如大海里一尾孤独的游鱼，寂寞难当。想到妻在我面前的种种可疑表现，我的心更是痛苦不堪。

虽然只有两天的假期（尚未实行国庆长假），我仍打定主意在中秋节回家一趟。我当然不能事先对妻说,我要给妻来个突然袭击,捉拿妻背叛我的证据。我想象过回家后的各种场面,都是些令我难堪难过的场面。我不知道自己该如何面对,但我仍忍不住要探个究竟。

回到家时正是万家团圆的中秋之夜。当我打开家门时,屋里空无一人,妻和儿子都不知去向。这是我没想到的。向小城的亲戚朋友打听,谁都不知。我的心空落极了,身体也一下子虚脱了。

因要回报社上班,第二天一早我不得不返回成都(坐长途汽车得一整天)。

当我怀着万分落寞的心情返回报社时,同事张大姐惊讶地对我说:"小彭,你昨天去哪里了?你妻子带着儿子来看你,到处找不到你。"

"啊……"我吃惊不敢相信,"她人呢?"

"回去了,我叫她等你回来,她说必须赶回去上班!"

啊,我的心里一下子轻松了,可又觉得难受。

当晚,我打电话回家问妻为啥不先给我打电话告诉我,妻弄清了我的去向后调皮地说,她要给我来个突然袭击。

原来如此!

代　沟

一年前的一天。

父亲对我说:"听你们领导说,你在城里买了一套商品房,有这事儿吗？"

我说："有啊，我不是早跟你说过，我打算往城里调吗？"

父亲："我知道，所以我才对你们领导说，你在城里有个当局长的同学准备调你进城，我还叫你们领导给帮帮忙呢。"

我说："什么？你真是这么跟我们领导说的？"

父亲说："是呀，怎么啦？"

我说："你呀，你呀，你坏了我的大事了。你知道吗？我们领导唯恐我们从他的手下悄悄地逃走，这次我本想来个出其不意，唉，经你这一搅和，我的调动不泡汤才怪呢。"

果不出所料，因为我们领导的从中"帮忙"，我的调动成了一个美丽的泡影。

一个月前的一天。父亲对我说："你的同事对我说，你天天下了班就把自己关在寝室里，不打牌，也不出去玩，说你不合群。我跟他们说，你在写小说，去年一年写几十篇，得了几千元稿费呢。"

我说："什么？你真这么说的？"

父亲说："是呀，怎么啦？"

我说："你呀你，你忘了去年调动的事儿吗？你这不是又跟我过不去吗？"

父亲说："什么？我跟你过不去？天地良心，我心再狠毒也不会害自己的儿子呀！"

"唉，我真拿你没办法，你等着瞧吧！"

果不出所料，没过多久，一封状告我不务正业、一心搞第二职业的匿名信便从上级主管部门转到了单位领导的手中，我也因此被勒令立即停止写小说。

今天，父亲又来到这儿，提起前面两件事，他深深地自责。而

我也气恼地对他说："我真不明白,你都六七十岁的人了,为何不懂这些世事?"

"我……唉,我也真不明白你们现在这些人到底是怎么回事?"父亲唉声叹气地说。

唉,兴许这就是人们常说的代沟吧,我想。

儿子的感激

阿成是父母的独生子,但父母从不溺爱阿成。阿成父母几乎每天都要对阿成进行教育:听话,好好读书,将来考个好大学……可阿成就是不争气,不但学习成绩不好,还经常在外惹是生非给父母添烦恼,更不替父母做点儿什么。

是的,阿成害怕父亲的棍棒飞舞,更受不了母亲泪眼婆婆的唠唠叨叨。高中毕业后,阿成没考上大学,父母本想让他复读一年,可谁知第二天阿成就与父母不辞而别去了深圳打工。

打了几年工,一直不见阿成寄钱回家,也不知阿成在外面怎么样,阿成父母时常担惊受怕。阿成父母一会儿说给阿成找了份工作,一会儿说给他在家乡介绍了个漂亮媳妇,催阿成快回家。可阿成就不理睬,到后来连信也不回了。

阿成父母失望又绝望,最后写了一封信给阿成:"阿成,我们以后也不想再管你了,我和你妈也不想依靠你什么了,你已经长大了,成龙成蛇就由你自己吧……"

又是几年过去了,依然没有阿成的音讯,阿成父母也早已对阿成不再抱任何幻想了,甚至连阿成的死活他们都已不在乎了。正在这时,阿成却突然从天而降似的回来了。阿成父母简直不敢相信眼前这一身名牌西服的英俊青年就是他们那不争气的儿子。

事实上,阿成这次也是乘飞机从深圳赶回来的。

阿成父母不想问也不敢过问阿成这些年在外面都干了些什么。到了晚上,阿成无论如何都要给父母洗脚。阿成父母又惊又喜,战战兢兢地问:"单位放假了?""没有。""出差顺路?""不是。""那你怎么有时间回来?""我只想回来给您二老洗一次脚。"李老汉听后大感不解,忙问:"是不是娶媳妇要钱?""不是。""是不是在外面犯了什么事儿?""没有的事儿。"阿成回答得很简单,父母也不再问什么。只见阿成打来热水,认认真真地给父亲洗了又给母亲洗脚。

洗完之后,阿成上床睡觉。阿成父母躺在床上怎么也睡不着,两位老人讨论了一个晚上也没个结果,好不容易熬到天亮。早晨起来,阿成又突然说:"今天要返回深圳。"父母更是吃惊,问阿成到底是因为什么回家来,阿成还是那句话:"就为给父母洗一次脚。"父母当然不信,说不说清楚就不要离家。

见父母誓不罢休的样子,阿成只好实话实说:"爸、妈,虽然你们生养了我,但我以前一直恨着你们二老,因为那时的我无时无刻不被你们管着,这让我不得不放弃许多自己的思想;但这些年,具体点儿说,自从你们几年前给我写了最后一封信后,我才真正干了自己想干的事。真的,从那以后,我才对二老心怀感激,感激你们不再管我的事儿,是你们观念的改变让我有了今天的成绩……"

原来,通过这几年的打拼,阿成在深圳已经建立了一家资产上百万的公司,因公司事务繁忙,只好在父亲节前夕匆匆回家一趟给父母洗一次脚,也表示对父母的尊敬和感激。

得知真实缘由后,阿成父母惊愕之余,不禁陷入深深的思索。

警察老婆

从小就想当警察,长大后没实现警察梦,可对警察,特别是对身穿制服的年轻漂亮的女警察有一种别样的情愫,心想,将来若能娶一个女警察当老婆该多么神气啊!

没曾想,阴差阳错,还真让我与女警察恋上了。

我是在某个文学网站的论坛上认识小梅的。我是该网站的签约作家,小梅说她很喜欢我的文章。小梅从欣赏我的文章渐渐地也欣赏起我这人了。于是,通过邮件和QQ,我与小梅便谈起了文学以外的话题,包括爱情。

在此之前,小梅一直以一个女教师的身份与我谈情说爱。

第一次约会也就是我们的第一次见面是在一个街心花园。小梅是一个非常年轻漂亮的女孩,一身的休闲装更凸现出她的青春活力。即使没有先前的基础,我也一定会对小梅一见钟情的。

可没料到,正当我们谈得非常投入的时候,小梅二话没说,起身就跑了。

"你怎么啦,小梅?"我莫名其妙,便去追她……

当我气喘吁吁地追上小梅时,才突然发现小梅正抓住一个人高马大的男子。

"把钱包交出来!"小梅一声呵斥,随即做出一个优美的擒拿动作,那男子便双脚跪地,双手也被剪在了背上。原来那男子是一个小偷。疼得龇牙咧嘴的小偷只好把钱包乖乖交给小梅。这时,一个满头大汗的中年妇女过来了,上气不接下气地连声道谢:"谢谢……谢谢……"

"走,到派出所去!"小梅将钱包交给中年妇女后,看也没看我,押着小偷就走了……

难道小梅是警察?

当晚,小梅给我发了封道歉的邮件,我才真知道,她不但是警察,还是刑警。小梅说,她先前之所以隐瞒自己的身份,一是她的职业不便随便告诉人,二是担心我不喜欢与警察谈恋爱。

小梅哪里知道,当我得知她是警察后,我就发誓非把小梅娶回家不可。

一年后,小梅真成了我的老婆。我感觉特别满足和自豪。

没想到新婚第二天,小梅便和我约法三章:不准与别的美女交往,不准随便对人说出自己老婆的职业,老婆工作期间不能打扰。这三条看来也不苛刻,正陶醉在新婚幸福中的我当然欣然接受,并立马表态一定遵照执行。哪知,真正执行起来却不那么容易。

结婚一个月后,一位大学女同学突然打来电话,说已出差到我市,想请我出去吃饭,我说我正新婚不久,得在家等老婆呢。听说我刚结婚,那女同学便执意要来参观我的新居,并看看我的新娘。没办法,只好让她来了。来了以后我才发觉自己欠考虑,参观新居可以,可我能留她参观老婆吗?小梅知道我犯了约法三章第一条那还得了?

眼看小梅就要回家了,我只得编上理由让那女同学离开。

没想到,小梅一进屋还是发现了端倪。只见她几间屋子嗅了

嗅,又搜了搜,最后回到客厅,以命令的口气叫我:"老公,过来,先给我蹲下,双手抱头!"

"老婆,你……"我感觉自己出事儿了。

"老实交代,你今天犯了什么事儿?"

"我……我……"

"是不是带了女人回家?说!"

"是……"我惊讶地看着老婆,"你怎么知道的?"

当我老实交代后,老婆也原谅了我,还说:"咋不留人家吃晚饭呢?"

"我怕……"

"同学之间的正常交往我没说不可以,莫不是你心里有鬼?"

小梅最后告诉我,她进屋后就闻到一股异样的香水味,后来从咖啡杯上发现了我的"作案"证据——那上面有口红印。

小梅是警察,但她毕竟是女人,希望丈夫忠诚专一是女人之常情。当然,让我放心的是,警察老婆是不会在外面闹出什么风流韵事的。

可有一天,当我去一家酒店与一位外地来的作家会面时,突然发现打扮得妖艳十足的小梅像个三陪女一样站在房间门口抽烟,那抽烟的姿态比我还优美。小梅平时不是从不抽烟吗?再看房间里,一伙不三不四的男人正闹得乌烟瘴气。

"老婆,你在这里干啥?"

"你快走开,这里不关你的事!"小梅一把推开我。

这种女人还像我的老婆吗?我怒火中烧,就要去拉小梅。正在我与小梅纠缠不休时,屋里的男人出来了:"燕子,这人是谁?"

"这个臭流氓来纠缠我,快给我打!"

小梅话一说完,几个男人便给我一顿暴打。令我愤怒、伤心、绝望的是,老婆小梅竟无动于衷地看着我挨打。

我万万没想到老婆会是这样的女人!这种女人还有什么值得留恋的。一回家,我非跟她离婚不可,可是,当晚小梅没回家。不回就不回吧,我决定只要一见到小梅就跟她摊牌。

第三天晚上,小梅回来了。一进屋,小梅就马上关心起我的伤。"不需要你假惺惺的,你滚,去找你那些野男人!"我气愤不已地推开她。没想到,小梅气得伤心地哭了起来,一边哭一边诉起了她的委屈。原来她那天是在执行任务,她的职责就是在那个黑社会集团做卧底。因为小梅的出色表现,那个黑社会集团被一窝端了。

这婚当然不能离了。刚好警局给了小梅几天假期,那几天,我享受着饭来张口衣来伸手的待遇。这时,我才知道,原来我的警察老婆也很会侍候老公哩。

一个男人的隐私

从外表看,他是一个男人,一个公认的阳刚气十足的男人。他叫程刚,原是中国人民解放军陆军某部团长,现为公安局刑警队长。

他在十几年的刑侦生涯中,不知破获了多少重案、大案、疑案,不知令多少犯罪分子闻风丧胆。不然,十几年前从部队转业后进入一个偏僻的基层派出所当一名普通民警的无任何背景的他,也不会这么顺利地升为市公安局刑警队长,而且据说上级已经将他确定为市公安局副局长的候选人。

作为男人，还不到四十岁便有了如此辉煌的事业，而且前途无可限量，程刚该是够幸运、够令人羡慕的了；然而，同样作为一个男人，只有程刚自己知道，他的内心是多么无奈和痛苦。别人看到的只是即将年届四十的程刚至今还孑然一身，同事们仅知道近来程刚与一个名叫汪雪的在校女大学生来往频繁，但谁也不清楚他们到底有没有那层关系。

要不是发生了这件事情，谁知道程刚的心里还隐藏着那么大那么深的秘密呢。

程刚在侦破一起走私枪支、贩卖毒品的案件时，犯罪团伙的头目见他软硬不吃刀枪不入，便极为恼火痛恨，千方百计想除掉他这颗眼中钉。眼看案件侦破稍有眉目的时候，一天，程刚接到一个匿名电话，说是梦里香酒吧第3号包房里有人买卖毒品。为了尽管破获这起重大案件，他没有过多地考虑便立即只身前往。没想到，当他到达梦里香酒吧第3号包房时，程刚看到的是一个年轻女子被奸杀的现场。那女子不是别人，正是一心爱着程刚的汪雪。当他痛苦地抱起周身是血的汪雪，手里拿着案犯留下的凶器气愤填膺的时候，刑警突然出现在了他的面前。经探查，现场没留下案犯的任何蛛丝马迹。

十年前，那时程刚还在那个基层派出所当所长，为了调查一个案子，程刚走到了一个大山里，在那里，他遇到了一个失去父母的小女孩，那小女孩名叫汪雪，成绩很好，但正面临失学的危险。从此，程刚便默默地承担起了汪雪上学的一切费用。那时的汪雪年仅12岁。令程刚感到欣慰的是，汪雪没有辜负他的希望，后来终于考到他现在所在城市的一所大学。近两年来，同事们仅知道程刚与她关系较亲密，并不知道背后那一段感人的故事。所以局里的同事常借此开程刚的玩笑,而每次程刚都只是一笑置之。

刑警从被害者汪雪的日记里得知,汪雪爱上了他,也曾多次向程刚表露过,但程刚每次都说让她好好学习,根本不顾汪雪的感受。汪雪为此很伤心,便不要程刚送去的钱,自己去酒吧当了一名坐台女。为此汪雪与程刚发生过多次争吵,就在汪雪被害的前一天,他们还吵过一次,而且程刚还打了汪雪一巴掌。

从现场的探查和作案动机来看,程刚无疑成了杀害女大学生汪雪的最大嫌疑人。

尽管市局的领导和同事都绝不相信程刚会是杀人凶手,但没有任何有力的证据能洗脱程刚的作案嫌疑。

他被停职受审。在接受审问的过程中,程刚始终只有一句话:"我绝没杀人,我是被人陷害的。"可一旦再问有什么证据证明没作案时,他却说不出来。更多的时候,程刚只是痛苦地沉默寡言。是的,作为长期与法律打交道的刑警,程刚不可能不明白杀人的严重性,也不会不明白法律上讲求的是证据。没有证据,尽管你说一千道一万,尽管你是一个市公安局的刑警队长,也毫无意义。

"刑警队长杀害自己的情人、杀害'三陪小姐'"一下子成了这个城市的热门话题。这件事在这个中等城市引起了轰动。一些不法之徒甚至居心叵测地煽动群众大肆散布,致使公安的形象受到极大影响,程刚所在的市局的领导和同事更是承受着极大的压力。

然而,领导和同事们都是信任程刚的,他们要尽快洗刷程刚的冤屈,同时也是为了挽回人民公安的形象。同事们千方百计为程刚寻找证据,可始终找不到有力的东西。眼看此案就要开庭审理了,同事们非常着急。正在这时,局长接到一个从南方沿海城市打来的长途电话,说程刚绝不可能强奸杀人,她可以用性命担保。这是一个女人打来的电话。可当局长问她是谁时,这女人又始终不肯说。

通过局长一说,局里有个同事突然想起一个人来,那就是队长十五年前的恋人,叫杨影。这位同事是与程刚一起在那个基层派出所工作过的,知道程刚刚从部队转业到派出所当民警时有过一个恋人,但不知为什么没多久两人就断了关系,而且不久后那女子也到南方去了。由此,同事们推断这电话多半是队长的初恋情人打来的。有了这一线索,长期破案的公安人员当然不难找到那个叫杨影的女人。

果不出所料,那电话正是杨影打给局长的。可是,一开始杨影仍只是信誓旦旦地说程刚绝不会强奸杀人,但问怎么能证明程刚不会强奸杀人时,她却沉默了。经程刚的同事们再三地晓之以理动之以情进行劝说后,杨影才勉强答应到时出庭做证。回来后,同事们还为程刚曾有这么个恋人而愤愤不平。

好在开庭那天,杨影还没有食言,赶到了法庭。

正当公诉人以不可辩驳的口气振振有词地说程刚强奸杀人证据确凿的时候,杨影走上法庭证人席。

谁也没想到,在法庭上,杨影竟讲出了一个催人泪下的凄惨故事。

十六年前,杨影与程刚正处于热恋时期,那时程刚还在部队。两人尽管在一起的时间很少,但感情却很好。程刚在部队的一次出差途中,遇到两个歹徒企图强奸一个孤身女子,便毫不犹豫地与两个歹徒展开了激烈的搏斗。歹徒最终被程刚制服了,但程刚也在搏斗中受了重伤,全身被歹徒捅了九刀。程刚被送进医院后,经医生检查诊断,其中有一刀捅到了程刚下身,医院的结论是：即使治好了，程刚也将终生失去性功能。

程刚是在出院时得知这一消息的。程刚痛苦极了，但同时也更坚定了他转业后要当一名刑警的决心。因为这次见义勇为的行为，程刚在部队立了二等功，就他的伤情而言，程刚转业后完全可以领一个伤残证书而终生享受。但程刚为了实现自己当刑警的愿望，没将自己的伤情告诉部队。唯一知道程刚病情的就是他当时的恋人杨影。

当然是程刚告诉杨影的。为了不影响杨影的幸福、耽误她的青春，程刚伤好回到部队后便立马给杨影写了一封信，一封断绝恋爱关系的信。为免杨影误会，程刚不得不将医院开的诊断单复印了一份随信寄去。

在信中，程刚唯一的心愿就是希望杨影幸福，而且替他保守自己的这一秘密，无论在任何时候任何地方……

是的，即使在程刚如今面临生与死的关键时刻，杨影也不愿讲出这个秘密。一个男人，宁愿丧命也不会愿意别人知道自己作为男人的缺陷。何况程刚还是一个极爱面子的人。

……

当杨影讲完这个故事的时候，整个法庭一下子静得可怕，一颗颗心都被震撼了，被强烈地震撼了。

法庭审理的结果，程刚当然无罪，而且恢复原职，不久后程刚便升为市公安局副局长。

然而，从此以后，程刚却变得阴郁了。

一条褪色的裤子

这是本市第一家专门从事服装染色与救治的染衣店。在这里,无论是旧衣褪色、新衣改色还是串色搭色、洗花复原等,都可以轻松完成。

有一天晚上,正准备打烊的小店里走进了一位风尘仆仆、白发苍苍的老人,他拿了一件很旧但却很洁净的灰色女裤,要求染回本色。店主师傅仔细看了以后,确定是20世纪70年代出的化纤面料,便告知老人暂时短缺可染该裤的染料,只有等以后到货了再染。

老人若有所思地喃喃自语:"唉,19年了……19年了……"他颤颤巍巍的,一副欲倒的样子。

师傅见老人好像很失落,赶紧劝老人坐一会儿,然后给老人倒了杯热茶。师傅想与老人沟通一下。从老人的言辞中,师傅知道了老人姓王,今年已经75岁高龄了,前几天从报上看到了对染衣店的报道后,特意从一百多公里以外的乡下赶来。

裤子是20多年前老人为老伴儿买的新年礼物。那时他们日子过得很穷,老两口儿的衣服都打满了补丁。节前老两口儿上了趟街,看着布店里花花绿绿的布,想想老伴儿跟了自己后一天好日子都没过上,王老便不顾老伴儿的强烈反对,用杀猪卖的钱扯了一块布做成了这条裤子,但老伴儿一直舍不得穿,王老却硬逼着她穿。于是每逢过节走亲戚,老伴儿穿的总是这条裤子。直到有一天,老两口儿去了一个亲戚家,回到家时天已经黑了。王老酒喝多了,吐了老伴儿一裤脚,老伴儿将王老安顿下来后,换好衣服便去塘边洗裤子。然而,老伴儿再也没能回来……

从此,王老再没喝过一滴酒。

听王老说完,店师傅眼眶潮湿了,对老人说:"不管费多少事儿,我一定要让这条裤子返新,请您老放心。"

半个月后,店主师傅特意买了专用染料,将这条裤子精心染好后,又将这条经染色返新的裤子给老人送去。来到老人的家才知道,老人从市里坐车回来,下车时摔了一跤,医生诊断说老人不行了,最多还活两天,但他儿女们守了十几个日日夜夜,老人就是不断气,嘴里除了喃喃自语地念着"裤子,裤子"再也说不出别的什么。儿女们不知他的意思,想尽各种办法都不合他的意。

当店主师傅到老人面前拿出那条恢复如新的裤子时,老人终于微笑了一下,然后眼睛突然一闭,安详地去了。

桃花梦

看着看着,他越来越觉得那漫山遍野的火红的桃花就是他熊熊燃烧的心。

已经三天了,他依旧痴痴地等待,盼着……

"我在这儿等着你回来,等着你回来看那桃花开,我在这儿等着你回来,等着你回来把那花儿采……"

不知哪儿飘来那熟悉的歌声,他的心倏地一颤——

才几天,他就发觉,那些怒放的桃花开始枯萎了。

今年的桃花咋凋谢得那么快?

他的心也似乎开始凋零……

回忆甜美却又残忍,他不愿意。可脑子仿佛中了病毒一般,总是不听使唤地回放着那些细节——

身为一个流浪诗人,在那个多情浪漫的三月,他嗅着桃花的清香,撞进了这个名叫寨峰的山村。在那个漫山遍野的粉红世界里,他枯竭一冬的诗情迸发了。

为了及时记下脑子里那些鲜活易逝的精灵,他选择了一户人家……

"凭轩赏桃花,还需一壶茶。先生,来一壶茶吧!"正当他在笔记本电脑上噼里啪啦敲打时,一个清脆而又柔美的声音惊扰了他。

抬起头来,他惊呆了!

眼前是多么迷人的一幅美景哟:一袭绿色长裙亭亭玉立,不施粉黛面而肤若凝脂,嫩白间布满红晕,大而闪亮的双目正含笑盯着他……这哪里是一位女子,分明就是一朵含羞待放的桃花啊!

恍惚间,他忘了手下的键盘,还有脑海中那些活蹦乱跳的文字,唯有荒乱而机械地回应:"好,好,好,谢谢……"

于是,他和她相识了。

她叫陶媛媛,生在城市,五年前,大学毕业后来到了这偏远的山村,把当时的一片荒山变成了今天这桃花的世界。她不仅成了大学生到农村创业的模范,而且树立了县里发展观光农业的标杆。

得知这些后,他除了为她迷,还有了一种钦佩。

为了她,他停住了流浪的脚步。

"你不是要浪迹天涯吗?为啥不走了?"

"因为你把我那些美妙的诗句弄丢了,我得在这儿把它们找回来。"

"那你就慢慢找吧,我就不打扰了。"

"哦,不,是你把我的魂牵住了,我再移不动我的身躯了。"

"那我问你,知道我最喜欢做什么样的梦吗?"

"不知道,但我相信一定是粉红色的。"

"算你聪明,我今生就喜欢做桃花梦。"

……

接下来的日子,他沉醉在桃花的芬芳里,沉醉在爱的温柔里,他诗人的才情更是前所未有地喷发。

他把这一切都归结为他人生的奇遇。是啊,这种机会除了上苍的赐予,谁又能求得来?他觉得他真是太幸运了。

在不得不告别的时候,他对她说:"你等着,明年的这个时候,我会送给你一份最好的礼物。"

离去的那天,他们一起观看已开始凋落的桃花,看那花瓣飘飘洒洒地随风旋舞,一片又一片地轻轻飘落,花接着影,影接着花,直到花和影再也分不清,温暖的粉色再次染遍了整个世界……在那时,花开花落对他们来说都是人世间极致的美……

第二年的春天,他如约来了。

他递给她一本崭新诗集。

"桃花恋——献给亲爱的桃花仙子嫒嫒",看到封面上的文字,她仿佛沐浴在阵阵浓郁的花香之中,甜蜜得眩晕。

"这就是我送你的礼物!"他不无自豪地说,"我把在你身上感受到的最动人的美丽和爱恋的情怀全部融入其中了。"

"谢谢。"她脸上露出孩童般天真的笑容，"你知道吗，这里的桃花，从此只为你而开……"

"呵呵，你还有那本事吗？"

"当然啦，我不是桃花仙子吗？"

那一刻，他们都醉了，他们眼前的整个世界都醉了。

"对了，这本《桃花恋》就算你跟我订婚的信物吧。不过，你还要为我写一部诗集，就取名《桃花情》吧，明年的今天，你就带它来娶我吧……"

"好啊，就这么定了，你就让这满园的桃花当你的陪嫁吧……"

可是，可是……当他带着《桃花情》，带着幸福的桃花梦如期来到后，他才知桃花情未了，桃花梦已不再……

为了让今年的桃花比过去任何一年都艳丽迷人，就在桃花绽放前几天，她请了许多当地村民给每一棵桃树施肥。一位村民在劳作时不小心掉下山崖，她为了救那位村民而……

当地村民告诉他，媛媛临走时，就留了一句话："我要让他看到我的嫁妆，多美啊……"

……

这是第七天了，在那一幕幕粉红色的回忆中，他把自己站成了一棵桃树！

突然，他灵光一现：她的嫁妆在这里，她就一定在这里……

终于，他决定：从此终止流浪的脚步，就在这里陪伴着她，将她的桃花梦延续下去……

于是，第七天以后，他开始了第三部诗集的创作，而且决定用一生的时间来创作，诗集的名字叫作《桃花梦》！

第三辑

哭笑不得

与女生共浴

我家在一个小县城,小学、中学都是在县城里就读,从来没住过校,洗澡之类的事自然都在家里完成,因小县城附近没一条干净的河流,所以也从没下过河游泳。考上省城的大学后,住校是必然的了,也不可能再回家洗澡了。刚上大学那会儿,洗澡成了我最大的难事。一想到去公共浴室洗澡,要在众多人的面前擦洗自己的身子,我心里就觉得难堪,觉得不是滋味。

南方城市九月的天气还很热,我挨了半个月没洗澡,自己都感觉到身上有一股酸臭味儿了,再不进学校澡堂是不行了。好在学校澡堂一天二十四小时都供热水。那是周末一个夜深人静的晚上,除了夜不归宿者,同学们绝大多数都入睡了。我悄悄地从床上爬起来,提着事先准备好的换洗衣裤和洗澡用具像做贼似的向学校浴室走去。来到浴室外面,因为是第一次来这里,我首先是看看门外的字。或许那字因写得时间久而模糊了,也可能是被一些恶作剧的男生擦掉了,我看了半天,那"男女"二字在灯光和月光下就是没分辨清楚。实在看不清"男女"二字,我只好依自己的经验来判断:靠人行道这边的应是男浴室,里边的应是女浴室。我想,那些公厕不都是这样吗?于是,我径直进了靠人行道边的浴室门。哪知,我刚跨进门去,一个长头发的光背影正在昏黄的灯光下冒着水雾。我大吃一惊,也着实吓了一跳,自己竟然走进了女浴室,幸好对方只是背对着我,要不然,对方把我当流氓,那还得了！我赶紧偷偷退了出来。

既然这边是女浴室,我进里边那道门就不会错了。

进去后,还好,里面没人。于是,我三下五除二把自己脱光后就拧开头顶上的热水龙头。以前我是每星期必洗一次澡,这回有将近二十天没洗过了,站在沐浴龙头下,温热的水淋在身上,我感觉舒服极了。我认认真真在身上抹香皂,认认真真地搓洗身上的每个地方。搓着搓着,我突然听到与我相邻的隔间有了淋水声,大概又有人进来了。我害怕别人看到我赤身裸体的样子,我当然也不敢去看别人。浴室里有另一个人在洗澡,我心里有点儿紧张了,赶紧冲洗掉浑身的香皂泡,穿上背心和短裤。我的心里像完成一件了不起的大事一样轻松了,嘴里也随之吹起了欢快的口哨,准备回寝室睡觉。

当我刚走出隔间时,一股好奇心徒然而生,我想偷窥一下我旁边洗澡的人。哪知,我还没看清,那隔间里突然发出厉声尖叫:"怎么,你是男生？你怎么跑到女浴室来……"分明是一个女子的声音。随着这尖利的叫声,我条件反射瞟了对方一眼,只见一个赤身裸体的身子正紧缩一团。这一下把我吓得够呛,我赶紧冲出了浴室。

"怎么……这是女浴室……我……"回到寝室,躺在床上,我心里既害怕,又莫名其妙地困惑着,弄得我一夜没睡着。

或许那女生没认出我,或许她认为不好声张。忐忑不安地度过几天后,我依然没听到有关澡堂风波的事儿,我的心才渐渐平静了下来。

后来我才知道,原来是我判断失误。真正的男浴室是我最先进去的靠人行道外边那间。

当我后来终于敢在大庭广众之下赤身裸体洗澡后,我发现,

在男浴室里也有一些头发与女人一样长的男生。那是艺术系的，艺术系的许多男生都留着长发。

认错了女友

我是一个十分腼腆之人，在女孩，尤其是漂亮女孩面前害羞得连正眼都不敢瞧。因为这，我二十六七了，连个女朋友都没有。父母为此很是着急。

周末那天，母亲从街上回来突然高兴地对我说，黄阿姨给我介绍了个女朋友，据说人长得很不错，还在税务部门工作，还说等会儿就要带女孩来我们家相亲了，让我做好准备。

尽管我心里做了充分的准备，但当黄阿姨带那女孩来了后，我还是莫名地紧张。当着我和女孩的面，黄阿姨将我们都向对方吹捧了一番。当然，具体吹了些什么我没听明白，我只听到黄阿姨说女孩的名字叫申雪。

那天，尽管申雪在我家待了一两个小时，还在我家吃了午饭，但我并未看清申雪长啥模样，因为整个过程中，我自始至终不是看地板，就是盯面前的饭碗。

午饭后，母亲和黄阿姨让我送申雪回家，我当然很乐意，我也正想借此机会仔细瞧瞧申雪。

于是，我与申雪一前一后从家里出来。遗憾的是，走在申雪后面的我虽然可以大胆地瞧她了，但也只能看到个背影。从后面看，申雪身材修长苗条，身上穿一件白色连衣裙，走路袅袅婷婷非常好看。虽没看到脸,但我想象,申雪的脸蛋应该十分迷人。我与申雪走上街,看到一路投来的众多目光,我心里别提多得意多自豪了。这时的我仿佛已经把申雪当成女朋友了。

路过一个街头公厕时,申雪突然小声说要去趟厕所,让我等她一会儿。等了一会儿,看到一个穿白色连衣裙的影子从公厕出来,我不经意抬头一望,这一望让我吓了一跳:那一脸密密麻麻的雀斑啊……

难怪一路上我们会吸引那么多的目光。

难怪在那么好的单位工作的女孩会到二十四五岁了还找不到男朋友。

难怪……

我急中生智,赶紧说了一句:"申雪,对不起,刚才接到电话,有点儿急事,要我马上去,你自己回家吧!"

不等女孩回应,我就逃也似的跑了。

一跑回家,我便立马向母亲发难:"妈,你们给我介绍的什么女朋友啊?我宁愿打一辈子光棍也不要那样的女人!"

"怎么啦?你这么快就回来了,你们到底怎么了?"母亲大感不解地看着我。

"满脸的麻子就是你们说的漂亮吗?"我继续大声吼道。

"麻子?"母亲更加疑惑地盯着我,"你说谁是麻子?"

"你没看那个申雪的脸吗?"轮到我不明白了。

"人家申雪姑娘脸上白白净净的,你说人家是麻子?"母亲说完又加了一句,"你们先在一起待了那么久你咋没说人家是麻子,一出门就说人家是麻子了?你们到底怎么回事啊?"

"是啊,这到底是怎么回事……"我也真搞不明白了。

第二天,黄阿姨来我家埋怨我说:"本来人家姑娘相中你了,她去厕所让你等她一会儿,可等她出来,连你的影子也不见了,弄得她还等了你半天。唉,你这个孩子……"

原来那天我看到的从厕所里出来的女孩根本不是申雪。

行　贿

作为文人,我当然痛恨官场的腐败,但我平生又有一个最大的愿望——进文化馆搞创作。凭现有的创作实力和成绩进文化馆当然够格,问题是够格不等于没问题。朋友告诫我:"不花银子,你哪怕是鲁迅在世也休想进得去。"

没办法,我只好将自己的全部积蓄——五千元,放进一个小礼品盒里送到文化局长家去。从交谈中得知,局长他早已知道我的大名。听了我的愿望后,局长说他们目前很需要我这样的人才,只是这事儿还得上面审批才行。接着,文化局长便发了一通"他们想要的人才总是要不到"的感慨。

局长的意思我立马就明白:我不出血绝对没门儿。

其实朋友早就说过,如今这是大行大市。

临走时,局长没怎么推辞便接受了我的"小礼品",还叫我有空多去玩。

嗯,有戏了!

从局长家回来那一晚,我高兴得觉都睡不着。

这不,第二天一早,局长便打来电话,要我立马到他办公室去。

这么快就见效了!

我兴冲冲赶到局长办公室。

"你小子咋也搞这些动作呢?"局长的手里拿着一沓百元纸币,语气有些严肃,"你给我拿回去!"原来这就是局长叫我去的目的。我一下子傻眼了。

东说西说,左推右推,总也无用,最后我只好垂头丧气地将那五千元装回自己衣袋里。

这事儿还能有戏吗?我一下子绝望了。

再向朋友讨教,朋友说:"局长肯定是嫌少了,再加一倍试试!"

可我全部的家产就这么点儿,我还不想借债行贿:"进不了文化馆,我大不了当自由撰稿人。"然后我一面诅咒着这世道,一面也沮丧不已。

十多天后,正当我还未完全从沮丧中振作起来时,局长又打来一通电话:让我到文化馆上班……

万万没想到,这事儿还真成了!

"你不是在说天方夜谭吧?"后来,当我向包括朋友在内的人们讲这件事时,无一人不如是说。

报复叫花子

那天闲得无聊,来到街上胡乱转悠。正当我东张西望时,眼皮底下突然伸来一只脏兮兮的手:"大哥,可怜可怜我,给点儿钱

吧!"低头一看,一张黑乎乎的脏脸可怜巴巴地望着我:一个叫花子蹲在我脚下。本人一向讨厌那些要钱的臭叫花子,可见行人都朝叫花子面前的破瓷盆里丢钱,我也只好伸手往衣袋里摸去。待我周身掏了个遍,我才摸出皱巴巴的一角钱,原来我出来时刚换了衣服。

"给你吧!"我说。

扔下钱后我正要转身离开,突然又被叫化子叫道:"喂,兄弟,这都什么年代了,一角钱就打发咯?"

"嫌少?你讨要别人的钱还嫌少?你……"

没想到那叫花子会跟我讨价,心头极是不爽,正想骂人,不料那叫花子却先开口了:"兄弟,看你穿得西装革履的,可我看你比我这叫花子还穷,要不,身上咋就一角钱?要不,这样吧,你这一角钱我不要了,因为你比我还可怜。"说着,那叫花子果然把一角钱递还给我。

真没想到会遭到这臭叫花子羞辱,本人气得咬牙切齿:"你……"本想好好教训那叫花子一番,无奈身上确实没有多余的钱,我只好气急败坏又忍气吞声地走了。

回家后,想到自己居然会被叫花子羞辱一顿,我心里越想越气,便决定报仇雪耻。于是,我从原来的衣服里拿出一张100元纸币,跟一个朋友商议后,便直奔先前那叫花子"蹲点"的地方。

朋友拿着我先前拿的那一角钱先过去,我在后面跟着。朋友走到叫花子面前扬着一角钱问叫花子道:"喂,讨钱的,一角钱要不要?"

"兄弟,都什么年代了,至少也得一块吧!"

"一块?好,一块就一块,请补吧!"我手拿一张百元纸币跟上前去。

"是你？"叫花子显然认出了我。

"就是我，你不是嫌一角钱少吗？给老子补九十九元吧！"说完，我就盯着那叫花子，等着看他的洋相。

"补就补。"没想到他边说边一把抓过了我手里的百元纸币。

"你要干什么，要抢劫吗？"我把衣袖一扎，准备动武。有朋友在身边，我胆子大了不少。

"哪个在抢？你不是让我补吗？我这就补给你啊！"只见叫花子说着就从衣袋里摸出一大把钞票来，那里不仅有一元、两元、五元、十元的纸币，还有五十元和一百元的，我一下子傻眼了……

"给你，九十九元，你数一下！"叫花子很快就将一把脏兮兮的零钱递了过来。我如梦初醒般赶紧接过就拉着朋友逃似的离开了。

唉，真晦气，仇没报到，反倒赔了一块钱……

告　密

朱三这人没别的什么爱好，最感兴趣的就是对男女之间那事儿。也就是说，朱三对周围那些男男女女的关系特别敏感，而且特看不惯那些不是夫妻又不是恋人的那种亲密。

一天下班后，朱三突然看到李总还在办公室与女秘书窃窃私语，朱三就认定他俩有见不得人的关系。正好那天朱三挨了李总的训，就想趁这机会好好出一口气。朱三早知道李总老婆是一个出了名的"醋坛子"，李总又是一个出了名的怕老婆的角色。于

是,朱三立马将这一信息捅给了李总老婆。

第二天,朱三果然看到李总的脸成了青一块紫一块的大花脸。当李总支支吾吾对同事们说他昨晚摔了一跤时,朱三却独自躲在背后窃笑,此时的朱三心里别提有多解气、多爽了。遗憾的是,从此以后,很长一段时间,朱三再没发现李总与公司的任何一个女职员有亲密接触了,想从别的同事那里刨点儿桃色新闻,可公司除李总和朱三,其他都是清一色的单身贵族,弄得朱三那段时间过得没趣透了。

嘿,终于又让他逮着机会了。

那天上班,刚一踏进办公室,朱三就看到小阳在对同事们眉飞色舞地说李总。大概意思是:李总早晨上班路过河边时,从河里捞起一个年轻女人,李总将那女人捞上岸后,还对那女人做人工呼吸。"李总真是见义勇为啊!"小阳说完感慨不已。

还未等小阳感慨完,朱三就赶紧跑到卫生间给李总老婆打电话:"喂,李太太吗?今天,李总的情人跳河,被李总从河里救起来了。李总还在河边与她亲吻哩。"

"哼,那还得了!看我怎么收拾他。哦,谢谢小朱!"有了上一次告密,李总老婆与他比较熟悉了。

哪知,朱三正乐滋滋等着看李总好戏的时候,朱三自己的老婆突然浑身湿淋淋地跑进了办公室。老婆可是很少到公司来的呀,朱三忙问老婆跑到这里来干什么,老婆说:"我是来感谢你们李总的。今天早上上班时,我一不小心掉河里了,眼看就没命了,刚好你们李总开车路过看到,把我救了起来。他不认得我,我可认得他,真没想到他还是个见义勇为的人,我得当面感谢他才行!"

"啊,他救的是你?!"听了老婆话,朱三大吃一惊。

一想到自己已向李总老婆告密,朱三知道事情弄糟了,只好让老婆先回去换衣服,李总那里就由他代谢了。可谁知,老婆还没劝走,李总老婆就气势汹汹地冲进了办公室。一进门,李总老婆的大嗓门便亮开了:"李银河,你给我出来,当着你下属的面,你跟我说清楚,你今天早晨跟哪个野女人在河边亲嘴?"

一看大事不妙,朱三只好赶紧拦住李总老婆:"李太太,误会,真是误会了!"

正在这时,李总从他的办公室出来了:"谁说我跟女人亲嘴了?谁告诉你的?啊?"李总大声质问自己的老婆。

"你问他,"李总老婆指着朱三,"他说那女人是你情人,你还不承认?"

"我……我……"朱三话没说出口,就一下子晕了过去……

火车上的打工妹

春节前,我在北京参加完一个笔会后回家,乘的是北京至重庆的火车软座。四人的座位间,对面是两个彪形大汉,旁边是一个二十出头的漂亮女孩,看穿着像一个打工妹。

有一个漂亮女孩做伴也不错,一上车我就留意她了。可跟她搭了几次讪,她都一副冷冰冰的样子爱理不理,让我甚感没趣。

后来我又发现,那女孩一整天都没吃过饭,每次吃饭时,她都只就着开水吃一块面包。我有点儿可怜起她来了。

第二天中午,当服务员推着盒饭来到车厢的时候,我有意要

了两盒盒饭。我说，一盒不够吃。一打开盒盖，我就故意说："怎么是这种菜。"胡乱吃了两口便装着吃不下。这时我转向那个女孩说："这位小妹，你怎么不买饭吃？"姑娘脸一红，说道："我上车前买足了面包，够吃的。"

"光吃面包对身体可不好啊！"

看了我一眼，女孩才怯怯地说："我买了车票后，身上没多余的钱了。"

"要不，你帮我把这一盒解决了吧，你看，我也不喜欢吃这菜。"

见我真诚相让，女孩推辞了一番后，终于接受了。看样子女孩是饿极了。不一会儿，她便将我那盒"多余"的盒饭吃完了。

这以后女孩的态度不再冷漠了。她说她是四川万源人，万源也属于达州，我说："我们原来是老乡啊！"女孩先是不信，当我掏出作协会员证给她看了后，她比我更高兴，因为那上面填有我单位的名称。

紧接着女孩告诉我，她叫晓霞，高中毕业后去北京打工。几天前，父亲打电话说，母亲病得很严重，要她赶回去。临行前她将钱都从邮局寄回去了……

这以后，每当吃饭时我都要给晓霞买一份，她也不再推辞；没想到的是，晓霞不仅没表现出多感激，还主动要求我买各种零食吃，与先前的她简直判若两人。

毕竟我们才相识没多久啊，我不禁有点儿受骗的感觉了，怀疑她所说的话的真实性。

再一想，不就是骗吃点儿东西吗？我倒要看她到底会演什么戏。

眼看火车快到万源站了，晓霞说让我陪她去一趟厕所，我的心陡然一紧:她要干什么？我警惕地跟着她。我怀疑她有同伙，可环顾前后，却没发现可疑的人。她一从厕所出来，便塞给我一张百元纸币，并说:"大哥，这是我给你的饮食费，谢谢你一路的关照！"

"你不是没钱吗？"我更是大惑不解。

"大哥，对不起，我骗了你。"晓霞调皮地说。接着，她才说，她身上带有很多钱，害怕在火车上遇到坏人，特别是看到对面坐着两个男人，所以只好一路上装着没钱。她说她的钱都藏在内衣内裤里，所以要进厕所……

"为啥不邮寄回去呢？"

"原是想邮寄回去，但一听说邮费就得花几百块，我……"

"你就不怕我是坏人？"

"开始也怕，但现在当然不怕了！"女孩又是一副调皮模样。

"哦，原来……"

约　会

接到女友的电话后，一下班，我便急匆匆赶向公园。

女友在公园门口等我。

这是与女友的第二次约会，不得不引起我高度的重视。

夏夜的公园，凉风习习，人流如织。五彩的霓虹灯闪闪烁烁，透过浓密的树叶显得光怪陆离，斑斓迷蒙；各色的男男女女搂肩搭背地来来往往。看那行走的成双成对的身影，看那树下窃窃私

语、卿卿我我的醉人场面，谁都猜得出，来这里的大都是些情侣或者准情侣。

这是一个爱情的角落，这是一个倾吐内心隐秘的所在，这也应该是一处溢满温馨的场所。

我是头一次走进这个公园。

不料，我与女友刚进入公园大门，就发现一个伏地乞讨的小孩。出于记者职业的天性，我走到小孩面前时立住了脚步。

小孩十二三岁年纪，脸上却没有天真的迹象，只有泪水浸染的痕迹。小孩面前摆放着一张牛皮纸，牛皮纸上写满歪歪扭扭的红字，粗看是血迹，细看是红墨水："我叫林云，今年小学毕业考上重点中学，因父母双亡，跟着七十岁的爷爷生活，考上中学后却无力缴纳上学的费用，乞求好心人伸出救援之手，献一点儿爱心帮帮我！"旁边还放着林云的录取通知书，通知书上的大印的确是我印象中的重点中学。与通知书放在一起的是一张证明材料，证明材料上的公章是我没听说过的一个村民委员会，内容当然是证明牛皮纸上所写属实。

当我心怀戒心查看完这一系列资料时，小孩正接过前面一先生掏出的一张百元大钞。

"先生，可怜可怜吧！"小孩还未将手中的钞票放好便突然跪在了我的跟前，我本能地往后退了一步，但很快镇定下来，正视眼前的场面。

我看看小孩，小孩可怜兮兮地望着我；我再瞧瞧身旁的女友，女友也正面无表情地冷面盯着我。

在两双眼睛的夹击下，我悲壮地将右手伸进自己的衣袋，随后，右手指携带着一张百元钞票伸到了小孩面前。

"谢谢，谢谢，谢谢大恩人。"小孩动作娴熟地接过去后，便忙不迭地跪着向我和女友连连鞠了三个躬。

"你还挺有爱心的嘛!"女友以欣赏的口吻夸赞了我一句。

我心里那个甜哟,真不好用词来形容。

"记者嘛,没正义感和同情心咋行。"语气中透着说不出的骄傲和自豪。

这时又听女友提议道:"我们到那边咖啡座去吧!"

"好啊,今晚你提什么要求都行。"心情好就是不一样。难怪人们找领导办事,常喜欢趁领导心情好的时候。

咖啡喝得差不多了,我和女友互相该表达的都表达完了,下面该轮到我买单了。

"买单,小姐!"我边说边将右手伸进了自己的衣袋。不好——衣袋里空空如也! 我一下子紧张到了极点,感觉额头上冒出了虚汗。

原来我下班走得太急以至忘了准备储备足够的资金,仅有的一百元已在先前献了爱心了。

"先生,一共五十二元。"小姐甜甜的声音像一枚炸弹不可阻挡地冲向我的脑膜。

我满脸火辣辣地望了一眼面前的服务小姐后,又无助地看了看旁边的女友。"快点儿吧!"女友催促道。

"我……我……"我这才发现自己的右手还在衣袋里弯曲着,"我……钱……不够!"

此时,我脸红筋涨地看着女友。我分明感到,自己乞求的样子绝不逊于先前跪地乞讨的小孩。

"算了,还是我来吧。"女友终于解了我的围……

我分明感觉到,我在女友心中的分量已经降了好多了。我跟随女友快快地朝公园门口走去,一路想着我们还有没有下次,有

下次又该怎样来挽回这个损失。突然,一个熟悉的声音又在我面前炸响:"先生,可怜可怜我吧!"

我禁不住气从心头起:"我不是给了你一百吗?"

"哦,对不起,我认错人了。你是我的恩人!"小孩又一下子跪在了我和女友面前。

"起来,林云,叔叔想帮你,叔叔是记者,记者你知道吗?来,叔叔问你一些事……"我本想以记者的优势在女友面前好好表现一番,写篇报道,或者号召我的同事集体来资助小林云,谁知,这时突然从阴暗处钻出一个四十几岁的男人来。

"走,快走!"那男人拉起那叫林云的小孩便飞也似的逃了。

"啊,骗子!"我和我周围的人不约而同地叫了起来。

"原来记者也那么容易受骗啊!"女友又'夸赞'了我一句,口气明显充满了嘲讽和奚落……

从此,我和女友再没有过第三次约会了。

黄婆婆的怪招

我在一个家电维修部门上班,我的职责就是为客户上门维修家电。

两个月前的那天,主任找到我,让我又到新园小区黄婆婆家维修电视机。我有点儿奇怪,黄婆婆家的电视,我不是两天前才去看过吗?

那是两天前的下午,我第一次来到新园小区二幢七楼黄婆婆家。一进门我就问电视机咋了,黄婆婆说别忙,先坐一会儿。七十多岁的黄婆婆招呼我坐下后,又忙着找茶叶为我泡茶。上门维修一两年了,还从没遇到这么热情的客户,我真有点儿感动,便和她随便聊了起来。黄婆婆说,她的儿女都已成家另过了,一年难得回来一趟,她一个人住在这三室一厅里,想租一间出去儿女又不允许,平时没个说话的人,只好一天到晚开着电视机留点儿响声,所以她一天也离不开电视。

待我坐也坐了,茶也喝了,听黄婆婆这一说,我便立马要去把电视机修好。我刚要起身,黄婆婆又说:"别忙,小胡,我们再说会儿话吧!"黄婆婆问了我的年龄,又问我结没结婚,又问有没有女朋友,又问我父母身体如何……大多数时候都是黄婆婆一个人在说,我都有点儿困乏了。不知聊了多久,我望一眼窗处说:"黄婆婆,天快黑了,我得干活儿了,干完活儿还得回维修部交差哩。"这时,黄婆婆才恋恋不舍地带我去看她的电视机。电视机是一台崭新的日力牌大彩电,我打开一看,其实电视没啥问题,就是频道没调出来。不到五分钟我就给调好了。

听我说电视没问题,黄婆婆显得不好意思地说道:"你看我这老太太什么也不懂……"

可这才过两天,黄婆婆的电视又出什么问题了?我不解。

这次去是上午。一踏进黄婆婆家门,黄婆婆又像上次一样,先拉着我说这说那,虽然说的都无非是上次说过的那些,但她却说得津津有味。我只好硬着头皮陪她说。快到12点了,黄婆婆才让我去看她的电视机。一检查还是没问题,不过是闭路线插头松了,我只用了两分钟便处理好。见我要出门,黄婆婆一把拉住我,要我吃了午饭再走。我说,维修部规定不允许我们在客户家里吃饭。见我执意要走,黄婆婆才失望说:"我把你的饭都准备好了,你却要走……"

我没想到,又刚过了两天,我一上班,主任就火冒三丈地找到我说:"小胡,你搞的什么维修?怎么新园小区黄婆婆家的电视修了几次都修不好?她刚又打电话来说坏了,还说声音和图像都没了!"尽管我对主任百般解释黄婆婆家电视的情况,主任就是不相信,说这次不让我去了,派小张去看看到底是怎么回事。

小张去后不到半小时就回来了。小张说,他一进门,黄婆婆就问他小胡为什么没有去。小张证实我没失职。这次黄婆婆家的电视什么问题都没有,之所以没有声音和图像,是因为她连电源插头都没插。小张还说,他临离开时,黄婆婆再三向他道歉说:"真对不起,一再让你们跑空路,其实前几次我就晓得电视没问题,我其实就是想找个人说说话。小胡多好的人啊,可我没想到会影响小胡的工作……"

从此以后,黄婆婆果然没再打电话来了。慢慢地我也将这事儿忘了。

我准备年内结婚,可没房子,手里的积蓄又不多,我便与女友商量着买一套二手房装修后作为新房。那天,女友对我说,她在新园小区找到一套要出售的房子,房子很好,环境也不错,可那房主有点儿怪,她不夸自己的房子好,反倒说出这样那样的缺点,还说要买,就让她与男朋友一起去看看再决定。于是,我与女友一道再次来到了新园小区。

女友带着我来到那套房子门前,我才有点儿惊讶:这不是黄婆婆家吗?

黄婆婆卖了房子大概是要去与儿女一起住吧,我想。

进门后,黄婆婆一眼就认出了我。可她根本就不提卖房子的事儿,先是对我说了一大堆又感谢又道歉的话,接着又夸我的女友如何漂亮、如何如何好,我们结婚会如何如何幸福等。当我终于提起房子的事儿,黄婆婆一脸歉意地告诉我,她并不是真的要卖房子,她贴出那个售房启事,为了找人上门说说话。自从那次小张去后,她不好再找人去"修"电视了。黄婆婆最后颇得意地说:"没想这办法还真好,启事贴出去后,每天都有人找上门来,有时一天还来好几波,有人来,真好……真好……"黄婆婆自言自语一连说了几个"真好"。

既然是这样,我和女友只好告辞。见我们要走,黄婆婆又一把拉住我说:"既然是小胡你没房子结婚,你看这样行不行……"黄婆婆说,就让我们在她这房子里结婚,就算是租她的房子住,想住多久住多久,她不收我们一分钱房租……

能住进黄婆婆这套宽敞明亮的三居室,当然非常好,可我和女友都想有一套自己的房子,不想租房住,哪怕不要租金。再说,黄婆婆这房子和家具全都是儿女买的,她的儿女不是不允许房子出租吗?

没想到,黄婆婆见我迟疑不语,咚的一下跪在地板上:"小胡,算我黄婆婆求你们好不好……"

看到眼前的情景,想到黄婆婆一系列奇怪的举动,我的眼眶禁不住湿润了,可此时的我只能应付地说:"我们愿意住您的房子,但让我们先跟您的儿女们商量后再决定吧!"说完,我和女友逃也似的离开了黄婆婆家。

做了一回城里人

其实,我一直挺羡慕城里人的。

有一次我到城里办急事,来不及等中巴车,就招手拦了辆面的。司机向我要十块钱的车费,我说咋那么贵,中巴车才两块呀。

司机大哥咧开他那张龅牙大嘴:"兄弟,中巴车只有乡下人才坐,你们城里人坐面的那才叫气派呢!"

因要赶时间,我没跟他啰唆什么,就很迅速地爬上了车,勉强做一次城里人吧。

嘿,还别说,坐面的的确比坐大巴舒服多了,只不过车费整整多了八块。

车子里已经坐了三位爷儿们,西装革履的,他们都翘着二郎腿,叼着香烟,想必他们就是所谓的城里人了。我这个乡下人与整个气氛格格不入,我是这么想的。

三个城里人当中,一位年龄稍大一点儿的,油头粉面,老都老了,还那么臭美,接过司机的话茬儿说开了,乐呵呵地说:"是啊,是啊,乡下人永远是乡下人,舍不得那几个小钱,乡下人太吝啬!"说完,他弹了弹烟灰,然后在车上猛吐了一口痰!

"对,对,我们抽一支香烟等于乡下人抽一包,哈哈……"另一个城里人随声附和着。马屁精,小人,我心里诅咒着这个和我差不多年龄的小子。

整个车里洋溢着"欢乐"的笑声。

我没有制止他们,没有跟他们讲乡下人是他们的衣食之母,也没有问他们的老祖宗是乡下人还是城里人。跟他们说了也是白搭,浪费口水。

那个扬扬得意的城里人好像注意到了我,问我:"小哥你说呢?"

我该说什么好,难道臭骂他们一顿?还是给他们几个耳光?

我控制着自己将要爆发的愤怒,然后,一字一句地回答:"对不起,我是个地地道道的乡下人,根本没资格跟你们说话。"

大家惊愕。

车子开了,也就暂时停止了那场城里人和乡下人的'辩论',后来,他们又说了些什么,我没心思听下去。

车子很快到了城里,比中巴车快了一半。司机大哥不忘关照我几句:"兄弟,还是面的快吧?以后还坐不坐面的?"

一下车,就有一大群三轮车夫围上来,出于一种同情,或许不是,我选坐了一位年龄稍大的车夫的车子。车夫很感激,他说,今天我是他的第一位顾客。

因为平时吃得多,运动得少,所以我很结实,也很胖,老婆多次劝我减肥,我就是我行我素。

车夫很吃力地拖着我,即使已是深秋了,他还是满头大汗,时不时地擦着额头。

刚才的气还没有消,所以我没心情观赏城里的风景,坐在车里默默不语,倒是车夫很热情。

"老板,在城里做什么的?"车夫扭过头,问我。

唉,他也把我看成城里人了,看来,今天不做城里人是不行了。

"咦?您怎么知道我在城里做事?"我故意这么问。

"这还用问,看您的体态,看您的打扮呗!"车夫一副很自信的样子。

呵呵,看体态,看打扮,我一下子成了城里人,有意思。

我好奇地问:"大爷,看您的体态,看您的打扮,想必您是乡下人了?"

"不是,不是,老板。"车夫显然很尴尬。

"这么说您是城里人了,城里人也蹬三轮车啊?"该我吃惊了。

车夫停止了说话。

一会儿,车夫又扭过头,我这才注意到他满脸皱纹,满脸困窘:"城里人怎么啦?城里人也要吃饭,前阵子刚下岗,买米,缴水费、电费……啥都要钱,不像乡下人,还是乡下人自在、太平……"

我发现他忧郁的脸上充满了对乡下人的羡慕。

不够格

本地特大矿难事故发生后,我们局在全市率先组织为矿难遇难者家属捐款的活动。领导在会上宣布了捐助的重大意义后说:"经局领导研究决定,局级干部至少捐500元,科级干部至少300元,其他职工至少100元。当然,上不封顶……"

此前,我为那起矿难写了一篇长篇报道,捐助会那天,恰好领到那篇报道的600元稿费,我想将其中500元全捐给矿难遇难者家属。

当我将钱交给工会主席时,主席不解地问:"你捐这么多干啥?"

"反正是那篇报道的稿费,正好捐给遇难者家属!"我说。

"不行!"主席口气很强硬。

"为什么?"我疑惑了。

"局级才500元,你一个科员捐那么多,让局长、科长们咋办?"

"不是说上不封顶吗?"我又问。

"是说过上不封顶,可谁会想到有这样的傻瓜?"主席想想又说,"实在想多捐就捐个299元吧。"

失误的收获

作为班主任,我知道孙军其他各科成绩都不错,唯独我所教的英语学科差得没底。如果孙军英语成绩与其他那些学科一样好,肯定是班里的一棵好苗子。尽管我多次对孙军说,英语是升学考试的一门主要科目,如果英语成绩很差,其他科分数再高也等于零,可他的英语成绩始终就是提不起来。为此我对孙军便怀有一种恨铁不成钢的感情,经常批评他甚至狠狠地刺他,说他患有先天性语言滞呆症。

经过几个学期的努力,我对孙军已不抱任何希望了。

没想到第四学期的一次单元考试,孙军考了87分。那次考试题较难,全班其他学生没一个上80分的,孙军居然以遥遥领先

的分数拔了个全班头筹。

我简直不敢相信,但为了激励其他同学,我只好多次在班上表扬孙军同学的进步,并号召同学们都向孙军学习。但我心里一直怀疑他有作弊行为,只是没有证据,不便妄下结论。

出乎我预料的是,以后的每次英语考试,孙军都稳居班里前几名,好几回还考到全班最高分。我不再有任何怀疑了,因为此后每次考试时,我都特别留心孙军的一举一动,没发现他有丝毫异常迹象。

因孙军英语成绩的迅猛提升,他的各科总分便一下子跃居全班乃至全年级前茅。升学考试,孙军的英语成绩居然是98分,他也以全校第一的总成绩考入了省重点高中。

孙军上高中后不久给我寄来了一封信。那封信让我大吃了一惊。他说,第四学期那次单元考试之所以能考87分,完全是他抄来的。孙军在信中写了那次考试的经过:那时他坐在最后一排,当我将全班同学的试卷都发下去后,因我少数了一份,孙军没拿到试卷。当他举手说明后,我匆匆去办公室拿来一份试卷给他。哪知,那份试卷里夹着一份参考答案。当时孙军看到那答案时有些惊慌,本想马上还给我,但一想到自己因英语成绩差经常被我斥责嘲讽,还被同学们瞧不起时,他便狠下心照着答案抄了起来。为避免别人怀疑他作弊,他没敢全抄,所以只考了87分。孙军还说,他没想到那次考试后,我和同学们都一改以往对他的态度,尤其是当我每次表扬他时,他心里都很羞愧。于是自己便发誓要把英语成绩提上去。为此,他还要求父母给他请了一个英语家教,所以……

原来如此!

看了孙军的信我才想起,那次考试后,我在阅卷时找不到答案,还以为同办公室别的英语老师拿去了,就去另一位老师桌上随便拿了一份答案,根本没有多想,更没想到自己还有过这么重大的失误……

当我静下心来思索这件事时,我不由得想到,要是当时发现了这个失误,我会怎么做呢?

至少有一点我可以肯定,我绝对不会去那样大力表扬孙军的进步,相反……当然也肯定不会有现在的孙军。

想到此,我不禁毛骨悚然。

不过,从此以后,我常常为我的那次失误而庆幸。

买二手房

城市里新建成的或正在建的新楼房大片大片地矗立着,可在整个城市各楼盘售房部来来回回转了几圈后,我最终还是失望而归,原因是房价高得吓人。搞按揭嘛,想着那十年、二十年的债务背着也实在不会是一件轻松的事儿。

最后,我和老婆一致决定买一套二手房得了。只不过,这二手房得是2000年以后建成的。

于是,我们首先拜托亲戚朋友及单位同事帮忙打听打听谁要卖房。在城里的亲戚朋友不算少,况且我在单位还是一个科长,官虽不大,下面也有十几号人。我想应该没问题吧。可是,过了好长一段时间却没任何结果。没办法,只好去二手房中介所了。

于是,我和老婆又奔走于城市里那些大大小小的二手房中介

所。跑了几天,我们终于在一个中介所发现了一套理想的房子。中介所是这样标出那套房屋信息的:建设路房屋一套,2001年修建,110平方米,三居室,5楼(整幢共8层),已简装,要价21万元。

价格比起新建楼房低多了,更重要的是在建设路,离我单位近。多理想啊!

认准了,就要这套。

中介所的人说,要先交200元手续费,才能带我们去看房子。二话没说,我立马掏出200元交了。

接着,房介所工作人员便带我与老婆去看房子。万万没想到,当我们敲开房屋门时,一个熟悉的面孔露了出来:那房子的主人不是我的下属小张吗?

小张不是告诉我,没听说有卖房的吗?

"啊,小张,原来是你要卖房啊?"

"哦,哦,科长,是……是这么回事……"小张竟结结巴巴地说不出话来。

看到小张的窘相,我也不好再问下去了。看了小张的房子,真的挺不错的,于是,我立马与小张签了协议,21万元买下他的房子。

协议签完,小张似乎很有愧地说道:"科长,您看,这,我们挺过意不去的,你交给中介所那200元手续费由我出吧。"说完,小张就掏出两张百元钞票要塞给我。

我推开小张的手道:"没事儿,我们哪里都是买,买你的,我不是更放心吗?"

说实在的,这小张以前对我这个科长是非常不错的,逢年过节总要提上礼物来我家,有几次,都要送钱给我,只是我每次都给他退了回去。要是我是个贪官,怕是已收了小张好几千元了吧。

不过,我还是不明白,小张明明要卖房子,先前咋不对我说呢?弄得我到处去跑中介,200元手续费事儿小,但我跑得够呛。

好在房子终于买成了。可几天后,单位另一科室的老黄突然对我说:"彭科长,听说你把小张的房子买去了?"

"是啊!"我说。

老黄说:"本来,我已早跟小张谈好,小张20.5万卖给我的,就等签协议了,没想到你说买就买了。"

"20.5万?他在中介所不是打出21万吗?"我疑惑了。

"彭科长,你就不懂行了吧,"老黄继续说道,"房主在中介所打出的都是最高价,真正最后成交谁不多多少少减一些呢?"

后来,我去中介所打听,果然如老黄所说。

再后来,在科里的一次集体聚餐时,我问小张:"你知道我要买二手房,你咋没告诉我你要卖房呢?"

小张给我敬了一杯酒道:"彭科长,实话对您说吧,我是怕不好跟您讲价啊!"

哦,原来是这样……

假古董的遭遇

我爱好收藏古玩,去年,我到北京旅游,在古玩市场地摊上看到一只做工十分精致的青花瓷碗,听卖主说,是明朝万历年间由御窑烧制而成的汝瓷。我心一动,便讨价还价,最终以五千元钱买了。

哪知,回来后,我找本市古董专家鉴定。专家告诉我:"这是一件赝品,但肯定是个高人仿制的。"我气得当时就想扔了。但专家说:"别扔,摆在家里当一件装饰品也不错!"

于是,这碗最后被我留了下来。

今年七月份,同学钟明一从广东回来就来到我家,他说听说我收藏了不少古董,要来看看。我与钟明初、高中同窗6年,只是他没考上大学,高中一毕业就去了广东打工。钟明读书虽不咋样,但人特精明,据说如今他在广东做起了房地产生意,成了大老板。

他这次回来莫不是要买我的古董?

钟明一进屋就迫不及待地说:"老同学,把你的古董拿出来看看吧!"

"喏,都在那里。"我打开右边的书柜,里面全是古董。

没想到,越过那众多古玩,钟明一眼看上那只青花瓷碗。"老同学,你这只碗能卖给我吗?"钟明一边把玩着一边说。

"这可是一件赝品啊。"我不想瞒他。

"阿四呀,你怕是不想卖我吧,你说你买来多少钱,我三倍的价钱给你!"

这只假古董能卖钱我求之不得,可钟明毕竟是我同学,我不能骗他。我忙说道:"真是赝品,我花了五千块买来,后来才知道上当了。真的!"

钟明扫了我一眼,并不听我的解释,反倒生气地说:"老同学,别欺负我没你书读得多,古董我还是晓得一点儿的。"

我不想和他争执下去,便说:"你想要,就拿去吧。"

"那我就不客气了。"钟明说完就把那青花瓷碗装进了包里。临走,他还执意要给我三万块钱。

望着钟明的背影,我感觉他比买赵本山的拐的那个范伟还二百五。

然而事后我总感觉不安。过了一段时间,我给钟明打电话再次强调说:"那碗真的是赝品。"未曾想,钟明在电话那头笑道:"我早知道,谁叫我腰杆上挂死耗子,冒充打猎人哩。"我忙说:"那你就把你的账号告诉我,我好把钱退你。"他说:"不用了,那碗我赠送给我们市领导了,那可是一个亿的工程啊。"但我还是有点儿不明白,便问:"那领导没有看出是假的吗?"他答道:"他懂什么古董哦,还不是和我一样装斯文罢了。不过他并没吃亏,他手下一个科长拍他的马屁,就撰文说,明朝万历年间,皇帝因酷爱宋朝汝瓷,就命令官窑烧制仿宋瓷器,而这碗就是其中仅存的一件……你说神不,这饭碗顿时身价百倍,广州一位开发商便以五十万买走,据说这饭碗已赠送给省里某个领导了。"

"有这样的怪事儿?"我惊讶不已。

"这有什么稀奇的,在这里,一个市长用擦屁股的纸写两个字,也有人硬说是颜真卿真迹,还花二十万买走,何况我们的还是青花瓷的饭碗,哈哈……"钟明得意地大笑起来,那笑声震得我的心好痛好痛。

两个月后,我出差到广东。这天在饭店,我一边喝早茶,一边翻开当地早报,一篇题为《青花瓷碗的结局》的文章,顿时映入我的眼帘。文章说,上月以一百万元拍卖出去的青花瓷碗,原是一件赝品,青花瓷碗的竞得者已经提起诉讼,要求该拍卖行赔偿一百五十万元,目前法院已受理此案,据悉某检察院将介入此案,并严正声明一定要深究青花瓷碗背后的腐败行为。

看完这篇文章,我冷汗都冒了出来,忙拨打钟明手机,可总传来一个女声:您拨打的号码已停机……

三十年的怀想

为一个人我曾整整怀想了三十年。

三十年前，十八九岁的我刚踏上社会就遭遇到世间最大的不幸。父母含冤而死，我也被赶下了尚未踩热的神圣讲台。

没有了家，没有了工作，更没有人理解，没有人同情。孤苦无依的我怀着对满世界的悲愤与绝望决定选择一条最简单的人生之路——自杀。不过自杀之前，我有个愿望，就是去趟峨眉山。去峨眉山看看是我的夙愿，我不想将这作为一个遗憾带到另一世界去。我还知道，峨眉山有个舍身崖，那是专为悲观绝望的人提供的最好的去处，我想我若能在舍身崖下选择一个归宿也算我今生终于有一个愿望实现了。

那是一个七月流火的季节，除了穿在身上的薄衫薄裤外，我携带的唯一身外之物便是一根长箫。是的，一个选择死路的人是不会为自己的旅程准备什么生存物品的。只有那根箫是我唯一的心爱之物。

可上了金顶才知上面如冬天一般寒冷。爬上金顶已是薄暮时分，山顶上到处支满了各式各样的简易帐篷（那时上面没多少供旅客住宿的宾馆，旅客们很多都自带篷布在山上露宿）。我无视热热闹闹的游人，径直来到舍身崖边，拿出长箫吹奏起来，算是自己为自己送行吧。我吹啊，吹啊，吹得我双泪直流。我哪是在吹箫啊，我分明是在对苍天哭诉，对大地质问。我感觉不到身上的寒冷，感觉不到时间的流逝。不知什么时候，身后突然"哎"了一声，回过头来，一个女孩站在我身后。借助月光，我发现她清纯美丽的脸上分明闪着亮晶晶的泪珠。

"你的箫声太凄凉了，"女孩说着便拽起我的手，"都深夜十二点多了，你走吧！"

"除了这儿，我还能去哪里？"我突然有了冷的感觉，浑身禁不住战栗起来。

"别说了，你跟我走吧！"女孩不由分说拉起我就走。

跟着女孩我来到一个小帐篷里，里面没有别人。烛光下我发现女孩跟我年纪差不多，左边白皙的脸上有一颗豆大的黑痣。女孩赶紧让我钻到她的棉睡袋里。

那晚，我与女孩在一个睡袋里度过了一夜。女孩不仅用她青春的体温暖热了我身体，更用她真诚的安慰暖热了我的心，让我感受到世间毕竟还有温暖，让我打消了轻生的念头。

我只知道那女孩名叫王颖，成都人，是一个大学生，别的她没说，我也没心思问。在那个梦境般的夜晚，单纯的我们没发生任何不该发生的事。

第二天我们便匆匆道别了。

从那以后，我的人生虽也经历过许多的曲折与磨难，但我都走过来了，一直走到了今天。是的，是那个素不相识的女孩让我改变了人生轨迹。三十年来，我一直怀想着那个名叫王颖的女孩，为此，我还无数次到成都去寻访过。不仅仅是感激，还有一种说不清的复杂的情愫氤氲在心中。可一次次的寻访都没有结果。

没想去年到成都参加省作协的年会，在春熙路的一个茶馆里，却无意中遇见了她。那虽已是一个浑身臃肿的中年妇女形象，但凭着那左脸上的黑痣，我还是认出了她。她正在与几个老太太围在麻将桌上。当我情绪激动地谈起那件往事时,她说,还有点儿印象,接下来便忙着摸她的牌。我站了一阵,总想还表达点儿什么,可看她专心致志于牌上,我终究没能说出来,只好怏怏地离去。

刚走几步,仍觉意犹未尽,正迟疑间,忽听得她说:"三十年了,亏他还记得!那时也是太年轻幼稚了,喜欢去揽那些闲事,弄得我第一次上峨眉山就没睡好、玩好……"

啊!我震惊不已。一个美好的梦一下子支离破碎了……

老爸不中用

因为写作,我的节假日和日常的业余时间几乎全都在电脑前度过。儿子老抱怨老爸不陪他,干什么都是老妈出面,以致同学都怀疑他是不是只有妈而没有爸。老婆也常埋怨我说:"你整天说忙,儿子都上小学了,你操过一次心吗?"

那晚,儿子回来说学校又要开家长会,这次非要我去不可。

被儿子缠得没辙,我只好"舍命"陪他一次,并决定趁这机会让儿子高兴高兴,也让他说说老爸的好。

家长会结束后,按既定计划,我带着儿子上街去。

来到街上,我对儿子说:"看上了啥跟老爸讲,老爸给你买,不过老爸身上只有这一百块钱哦!"

儿子嘴馋,开口就说要麻辣鸡块。来到超市,我东挑西挑选了一袋包装最精美的"正宗香脆鸡块",500克,包装上贴着

"12.50元"的标签,超市是不讲价的。我二话没说付了钱。哪知一出超市,儿子就叫了起来:"爸,你选的这是啥鸡块呀?""正宗香脆鸡块啊!"我不解。"你尝吧。"儿子给我一块,我一吃,啊,怎么变成了豆腐肝?再细看包装:"主料:鸡块。配料:……"我赶快回到超市找营业员"算账":"你们怎么把豆腐肝当鸡块卖?"我让儿子拿一块"鸡块"让营业员看。"什么?这不是明写着鸡块吗?""可里面……""里面是什么我们怎么知道,我们进货也不可能开包去尝啊!"想想也是,这哪能怪商家。就十来块钱,也懒得去打"12315",下次注意就是了。

从超市出来后,我趁机教育儿子说:"记住别在外面买零食吃,外面卖的吃的好多都是假的,吃了中毒都说不定呢。"其实以前看新闻,我还真不敢相信哩。

儿子说:"那就买水果吧,水果可以尝啊。"对啊,水果总不会有假吧。

来到一家水果店,儿子说要吃荔枝。在我们这里荔枝都是空运来的,人们很难吃到。尝了一颗,很甜,肯定不会有假了。虽然15元一斤,但我还是买了3斤。身上零钱没了,只好拿出出门时准备的那张百元钞票。

"好吃,好吃,就该先买这个哩。"大概是尝到了荔枝的甜头,儿子一路上感慨不已。

我却在想,光买吃的也不行,总得为儿子和老婆各买一样有点儿纪念意义的东西,回家也好向老婆献次殷勤啊。

为吸取教训,我来到了一家门上贴着"假一赔十"的大型商场,比着身上的余钱,给儿子选了一只文具盒,给老婆买了一架小风车,一共52元。谁知,当我将剩下的55元交给营业员时,营业员说:"这张50是假的。""不会吧!"我一看果然不对。先前水果店补我钱时,因光线暗我没发觉。

幸好女营业员见我不像是骗子,没有声张,我说声对不起,赶快拉着儿子悄悄溜出了商场……

想表现却没表现成,从此,儿子再也不要我陪他逛街了。儿子就一句话:老爸不中用!

邮局取稿费记

为取一笔三十元钱的稿费,我跑了两次邮局,均因取款人多,等排到我的时候,不是邮局准备的现金取完了就是下班时间到了,结果都落空而归。

下次一定要早点儿赶去,我想。

我知道邮局上午八点上班。这天,我吃罢早餐就七点五十了。为了赶早,我出门就叫了一辆出租车,赶到邮局刚好八点整。大门还未开,但我仍站到门外排队,居然让我排到个第一,心想今天总算不会白跑了,虽然花了十五的出租车费,也值得,还可得十五元哩。买三包烟,说不定又可写出三篇文章来(老婆取消我的香烟支出费,我只好赚稿费来维持)。

谁知,这一站就站到九点十分,看到邮局大门缓缓开启,想到手上的稿费单马上就可换成钱了,我先前烦躁的心便开始激动了。

哪知这下我又高兴早了。

当我慢慢向柜台靠拢时,我看到那邮局小姐后面排了一长串，那些人也都手持着汇款单，目的显然与我一样。不同的是他们进的门不同。

这时，见那邮局小姐慢慢而不失优雅地往办公皮椅子里一坐，接下来，纤纤细指再慢慢打开那办公桌的抽屉，开了一个又开第二个，开了第二个又开第三个，抽屉开完了，随即抬头冷眼扫视我及我身后一条长长的"人蛇阵"，皱了皱眉头，又慢慢从办公桌里取出汇款单底单来，望也不望柜台外面焦躁的"人蛇"，微笑着为她那串"尾巴户"一张一张地数钱。一个、两个、三个、四个、五个……眼看那"尾巴"越来越短，我的心也越来越激动……"尾巴"终于没有了。我一看表，还好，十一点四十五分，还有十五分钟下班，我又莫名激动了。十五分钟，足可以让小姐将我的问题解决。

只见那小姐玉臂一伸，我忙将汇款单递到小姐手边："给你，小姐！"谁知只听得那小姐说："你这人眼睛真不盯事儿，你没看到我忙了半天了吗？"我才恍然大悟，小姐原来是伸了一个舒服的懒腰。

我也真是不会盯事，惹得我身后的人们和小姐的同事们都大笑不止。

我好不尴尬。

小姐的这一个懒腰一伸便到中午十二点了，老婆催我回家吃午饭，说是有客人，让我马上赶回去。于是，我又叫了一辆出租车往家赶……

这笔稿费如果再取不到我就得赔了，但我不知道下次还会不会落空。

咋不早说

照局里规定,未到下班时间,任何人不得提前离开工作岗位,有特殊情况者须到各科室负责人处请假,科室负责人得找局长请假。

这天,办公室小王因要赶去与女朋友约会,不得不提前下班。小王本想找主任请假,可想来想去总找不到合适的理由。一看主任不在,小王便想溜号。为了不引起别人注意,小王只好偷偷将摩托车推出大门。一出大门,小王便迅疾地跨上摩托,赶紧启动发动机,准备开溜。

小王刚驶出几米远时,街边的一棵大树后面突然传来一声大喝:"喂,王进,停下!赶快停下!"

扭头一看,正是办公室主任,小王一下吓慌了。也顾不得什么了,一踩油门,车猛地飙了出去。因精力不集中,摩托车一下子撞在街边石头上。车翻了,人也倒了。幸好人没受伤。小王从地上爬起来,只好垂头丧气地等候主任处置。

"叫你停下,你不听!"这时,主任已赫然站在小王面前。

"主任,我……"小王结结巴巴地说不出所以然来。

"别说了,把车弄起来,看坏没坏!没坏,我坐你的车。"主任口气很亲切,一点儿也没往日的强硬。

"主任,您……"

"我回家,老婆今天过生日,让我提前回去。"主任嘿嘿地说。

车已弄起来了,可打不起火了。

"您咋不早说嘛,"小王沮丧地说,"您看,车坏了,我也赶不上和女朋友的约会了。"

谣言是怎么来的

一个月前的一个晚上,我无意看见女同事王某半夜去敲吴局长家的门,第二天,跟同事李某一道上班,李某提到吴局长,我不经意漏出一句:"昨晚那么晚看见王某去敲吴局长家的门,也不知有什么急事儿。"一出口我便有点后悔,赶紧补加一句:"不要去对别人讲,免得别人误会乱传!"

我极恨那种乱嚼舌头的人,之所以要特别补充那一句,也确是这个意思。

这以后不久,我就全然将这事儿给忘了。那天下班回家,又遇到李某与我一道。李某凑近耳边神神秘秘地说:"你知道吗?王某晚上敲吴局长的门,吴局长一开门,王某就扑进他怀里了……"我问:"好久的事?"李某回答说:"大概一个月前吧,有人亲眼看见的。"我又问:"哪个对你说的?"李某说:"哦,我忘了,反正就是你们办公室的!"

"一个月前,我们办公室的,那不是我告诉你的吗?你咋……那可恰恰是吴局长老婆来的那个晚上啊,后来,我听吴局长老婆说,王某是在家赶了一个什么紧急材料要交给局长,因为吴局长第二天一早就要出差。你可不要乱说。"

我的话让李某当即面红耳赤。活该,我心里想。

没想到,紧接着,我便在局里听到了吴局长与王某的绯闻。

第一个头戴帽子的女生

小烟是一个非常热衷时尚的女孩,在穿着打扮方面,小烟时常以领导时代潮流而自豪。只因小烟身居农村,就是上高中也只在一个偏远的小县城,所谓的时尚还不是太超前太出格。那时的小烟扮酷就是一出校门就脱掉校服,换上她的那些各式各样的衣裙。那些衣裙虽质地劣等但款式都很新潮。

如今,小烟成了一名省城的中专学生,走进了开放繁华的省城。小烟像鱼儿游进大海、鸟儿飞上长空一般自由畅快。小烟从进省城的第一天起,最感兴趣的事就是留意大街上或校园里女生们的穿着打扮。这一留意让小烟大开眼界。令小烟羡慕的是大街上有些女孩拥有一头与洋妞一样金黄的头发。小烟对洋人羡慕得要死。

小烟本有一头美丽而乌黑的秀发,在小县城时,小烟还为此而自豪,可到了省城,小烟却为自己的黑发感到自卑了。

听那些身在大城市的女伴说,那些金发都不是天生的,是她们到美发店染的。

同学们的话让小烟记在了心里。有一天,小烟便偷偷来到了美容美发店,可问过了好多美发店,都说要好几百元才能染。最便宜的也得一百多元。小烟出身农家,经济比较困难,为了染发,小烟硬是强迫自己一个月不吃肉,不吃零食,甚至饭菜也尽量节俭。小烟终于积攒了近两百元钱,可也只能去那最便宜的小美发店染发。其实,小烟还可以再攒一个月以便多攒点儿钱,但小烟等不及了。用小烟的话说,时尚就流行那么几天,时尚就是时机,时机就得抓紧。

花了一百七十元,小烟的黑发终于变成了满头金发。

"哇,好酷啊!"室友们第一眼见到"变了色"的小烟就一个个瞪大了眼睛、张大了嘴巴。为此小烟的虚荣心得到了极大的满足。后来,有两位室友也学起了小烟,变成了金发女郎。这时的小烟更是以时尚潮流的引导者自居。

可不久,小烟就吃惊地发现,每次梳头时,头上的发丝就一根根脱落。小烟不明原因,虚荣心使得她也不敢向同伴诉说,心里却恐慌不已。

小烟暗中开始了寻医问药。可吃了许多药后却毫不管用,头发反而越落越厉害。有一天,小烟狠了狠心花了五十块钱的挂号费来到一家大医院的专家门诊部,专家问了小烟的情况后告诉她,脱发是劣质的染发水造成的,已经无药可救了。小烟吓得大哭起来,哭过之后才想到去找那美发店,可那美发店早被取缔关门了。

小烟欲哭无泪,哭也不敢出声,而头发依然毫不留情地继续离她而去。终于有一天,小烟从镜子里看到自己的头发已稀疏得头皮可见了。那一天,小烟课也不敢去上了,在寝室里蒙头睡觉。

第二天,小烟头戴一顶黑色圆帽神情忧郁地出现在校园里。小烟成了学校女生中一道独特的风景。

可是,令人意想不到的是,不久后,校园里有了第二个、第三个头戴黑帽的女生了。原来那些女孩以为小烟戴黑帽也是追求

一种时尚。

只有小烟同寝室的女友私下里偷偷发笑,只有她们才明白小烟戴帽的真正原因。

在劫难逃

"起床了,小懒瓜,起床了,小懒瓜……"

天刚蒙蒙亮,我就被那可恶的"猫"给叫醒了。

"你叫,你叫,你再叫,我非摔死你不可。"我一把抓起它狠狠地摔到床下。

"起床了,小懒瓜,起床了……"它又叫起来了。

我迷迷糊糊地又要去抓它,抓了一下,没摸着。

管它!我一下子又钻进了被窝。

"抓住他,抓住他!"见成龙正追那坏小子,我直为成龙加油助威。

"起床,滔儿!"我浑身一颤,又醒了过来。一看身上,光光的,被子不见了。正要开骂,突然发现一对大眼睛瞪着我。妈妈来到了我的床前。

"快起来,再不起,今天到校又要挨批了。"一听学校,我"啊"了一声,一个鲤鱼打挺翻了起来。抓衣服,套裤子,一跃下床,可鞋子不见了。找了半天终于在床底下机器猫的身上找到了。

"又要迟到了。"我抓起书包又在桌上抓了一个面包就往楼下冲去。

"哎哟,妈!"突然撞到个什么硬硬的东西,又要来一句口头禅,抬头一看,老爸正威严地看着我:"你干什么?"

"哦,是您呀,老爸!真对不起!"

继续往楼下冲。

终于冲到了大街上。那些散步的人们真悠闲啊,可见了我还得纷纷为我让路。我心里一下子得意起来。拐过一个弯,嗨,前面还有两人在一前一后地跑。真热闹!

"抓住他,抓住那个小偷啊!"

啊,原来是抓小偷!

这下我可来劲了。我赶紧换挡提速,箭一般冲向前去,边跑嘴上还边吼着:"你给我站住,站住,听见没有?"

"哈哈哈……"

我很快就冲上去了,一把抓住那人的手,两手一拐,一个擒拿动作,他的双手就被我扭到背上了。哼,"王眼镜"让我进行的基本功训练,这下终于派上了用场。真得感谢"王眼镜"。

"跑吧,你知不知道我是学校的赛跑冠军?"

"哎哟,你干什么呀?我就是要抓前面那小偷,你逮我干吗?"

"什么?你不是小偷呀?"我不好意思地松开了那人的双手。

"小偷早跑得没影了,你说咋办吧?"

"我管你咋办,我帮你追小偷,还耽误我上学哩。"我只好耍赖。

哎呀,一看表,马上就上课了。

我又一口气向学校跑去,一直跑到教室门口,向门缝一望,"咦,咋没老师呢?"我雄赳赳气昂昂地直冲我的座位。

啊,我座位上咋有人呢?

"快给我起来!"我冲那人一吼。

"王滔,你早啊!"

啊,我差点儿晕了过去,班主任"陈眼镜"正从我位置上站起来。

"老规矩,自己行动吧!""陈眼镜"似笑非笑地对我说。

我一下蔫了,只好乖乖地走到教室后面,先做好标准的蹲马步动作……

我又在蹲马步、俯卧撑、金鸡独立中度过了一天。幸好长期坚持,虽搞得我汗流浃背,也没觉得多累。就是想拉屎拉尿时,我也不能离开半步,可让人难受了。

放学了,我也终于获得了自由和解放。

我提起书包赶紧冲出了牢笼一样的铁校门,深深地吸了一口外面的新鲜空气。然后我开始思考接下来的时间安排,只有这一个小时才是属于我的。

哦,突然想起好久没去网吧了。我绕了一个大圈去我熟悉的"倍儿乐",只有那里才能赊账,可我好不容易走到那里一看,又傻眼了:关门了,牌子也摘了。唉,别的老板又不熟。

无处可去了。

我蔫蔫地往家走,一步三回头,东瞧瞧西望望,总想哪里出点儿稀奇热闹的事儿。走了几条街,都没有。人们都好像被这白花花的太阳烤蔫了,个个都一脸的死人相……

又回八楼的家了。开门一看,啊,哪儿来的漂亮女孩!听到开门声,那女孩不等我开口,就回过头来了。

哎呀,妈呀,那不是"王眼镜"吗?

"王老师,是你呀!"我脸上堆满笑容,"王老师,你坐,你坐,我去趟厕所……"

正要逃走，一声怒喝传来："王滔，你跟我站住！"

老爸突然不知从哪里钻了出来，手里那根被我身上的皮肉摩擦得光光的竹棒照例紧紧地握着。一股冷森森的寒气逼来，我双眼一闭。

我真的晕过去了……

"偷"来的恋情

晶晶是一个非常漂亮的女孩。从高二开始，我就与晶晶同桌。为了一个共同的目标——考大学，我们各自都忙于自己的功课，加上学校不允许男女生亲密接触，因此同桌了一年，我们也很少相互交谈。可到了高三时，我却突然迷恋上了晶晶。

青春年少的我一迷上晶晶，便变得疯狂和躁动。那段时间，我每天都想找她表白点儿什么，或者为她做点儿什么，可一直没我"下手"的机会。烦乱的心让我根本没心思听课，功课也一塌糊涂。本来我的成绩在班里一直名列前茅，要考一个好大学是没问题的，这下可好，我的大学梦恐怕要就此破灭了。

几天后上英语课时，我突然发现晶晶不是唉声叹气，就是坐立不安，神情也很忧郁。这在以前活泼开朗的晶晶身上是不曾有过的。可我反倒因此而心中暗喜，我想我的机会终于来了。女孩子这个时候是最需要安慰的。放学后，我第一次提出一起到学校花园里去散散步时，没想到晶晶一口答应了。

晶晶说，她学英语的复读机今天早晨不见了，她气得想哭。

晶晶的英语特好，是班里的英语课代表。她的理想是考四川外语学院。晶晶说，她的复读机是家里借钱给她买的。

我和晶晶都是从乡下考到县城这所重点中学的，出生在农村的我们，家庭都不富裕。但是听了这话后，我心头还是暗暗欢喜，我想终于可以为晶晶做点儿什么了。

当天晚上，我便写信回去，说临近高考，学校要缴什么什么费用，反正我列了一大堆，至少要500元，越快越好，最好在两三天内寄到。没料到，第二天，父亲便亲自将钱送来了。老实巴交的父亲没问我咋又要缴这么多钱（开学时已交清一切费用），只说钱是家里借来的，要我好好学习。

我见过晶晶的复读机。拿着家里借来的钱，我当天便到商店去买了一个与晶晶那个一模一样的复读机。当我兴冲冲地去送给晶晶时，晶晶大吃了一惊："四百九十多啊，你哪儿来那么多钱？"晶晶开始不愿接受，说让我自己用，我说我的理想不是考外语学院，我不需要浪费时间练口语："你实在不要，就算我借你用，高考后还我好了。"最后，晶晶终于感激不尽地收下了。

本想我与晶晶的关系会变得亲密了，不料第二天，晶晶一到教室看到我就明显地表露出一种敌视和鄙夷。而一些女生也用异样的目光盯着我并小声地议论着什么。我主动和晶晶找话说，晶晶却对我怒目而视后，马上掉过头去。我感觉不大对劲，却又不明就里，心头总觉得虚虚的。

下晚自习后，一位好心的女同学才悄悄告诉我："有女生说你偷了晶晶的复读机又去借给晶晶用，卑鄙无耻。"听完这话，我心里那个气简直没法儿形容了。我想立马把晶晶叫去与商店营业员对质，可买的时候又没开发票，营业员会记得我吗？当我走到女生楼下时，突然想到商店肯定早关门了，我只好悻悻地回到寝室。

我恨那些乱嚼舌头的女生,恨是非不分的晶晶,更恨我自己,恨自己自作多情。那一晚,我躺在床上像烙烧饼一样翻腾了一夜,时而怒火冲天地拍打床板,时而咬牙切齿地捶打自己的胸脯,弄得同寝室的男生对我大为不满。幸好这消息还没在男生中传播,要是男生们知道,不知会怎样待我。但这也只是迟早的事儿,一种恐惧感袭上心头,我不敢再影响别人了。

第二天,我带着熬红的眼睛闷闷不乐地来到教室,还有一种做贼心虚的感觉。趁大家没注意,我才轻手轻脚地走到座位去。晶晶挂着耳塞在听英语,看到那复读机,我气不可遏地就要抓起来砸烂。不料,晶晶突然转过头来,轻轻地对我说:"对不起……"还未说完便忍不住哭了起来。或许是怕被别的同学看见,晶晶趴在桌上无声地抽泣着……

课后,晶晶才说,她的复读机昨天晚上在床底下找到了。晶晶还说了昨天的事儿,她说她本来也不相信,但很多女生都那样说,还分析得头头是道,她也开始怀疑了:"唉,真难为你了!"说完,晶晶眼眶边又挂满了晶莹的泪珠。此时,美丽的晶晶又多了一份成熟女人的魅力。我多想亲吻晶晶一下啊!

是的,我绝不是一个心胸狭隘的小男生。既然真相已大白,晶晶也对我表示了真诚的歉意,我没理由再对晶晶不满。

从这以后,我与晶晶的关系一下子亲密了许多。有一次我趁与晶晶单独相处的机会,大胆地说出了我对晶晶的感情。晶晶没说拒绝,也没作肯定的答复,只说等我们高考后再说吧,这段时间我们都得全力以赴迎接高考。

高考后,我和晶晶都实现了各自的理想。晶晶考上了四川外语学院,我也进了四川大学。大学四年,鸿雁带着我俩的浓情蜜意在成渝两地上空接连不断地飞来飞去,我与晶晶恋爱了。

　　晶晶在信中说:"要不是你那次'偷'了我的复读机,说不定我们今天就不会有写不完的信了呢。"

　　看到这里,一股幸福的暖流滑过全身,我赶快回信道:"是啊,我还感谢同学们说我'偷'哩,要不……我这是'偷'来的爱哟!"

捉　奸

　　下午接到阿山的电话,阿山说他老婆陈雪今天出差了,叫我晚上去他家喝酒,他还有瓶五粮液没法儿解决。末了,阿山特意加了一句:"阿军,敢不敢来啊?"

　　"男子汉大丈夫,我阿军怕过谁啊,来,一定来!"我在电话这头把胸脯拍得咚咚响。

　　本来我和阿山是从小长大的酒友,可自从老婆杨芳入驻我家后,我就失去了喝酒的自由,杨芳还特别叮嘱我,少跟阿山聚在一起。算来我已有半年没沾过酒了,早就想偷偷过一把酒瘾,就是一直没寻着机会。如今阿山老婆不在家,没人告我密,阿山拿五粮液来勾引,我哪能经得住诱惑?不过哩,还得先向老婆履行手续。

　　放下阿山的电话后,我马不停蹄地跟老婆杨芳打电话。我说:"今晚要为领导赶一个非常重要的讲话稿,我就不回家了,没我在你身边,亲爱的你多多保重吧!"我是机关的秘书,连夜赶讲话稿是常事儿。

"记住只准喝茶,不能喝酒啊!"老婆照例命令道。

"老婆大人,你的命令我理解要执行,不理解也要执行!"我仍信誓旦旦地重复这句话。

履行了合法手续,下班后我放心大胆地赶往阿山家。与阿山好久没在一起了,今天相聚我们都十分珍惜这来之不易的良机。我们一边大口大口地把酒往肚子倒,一边大口大口地把结婚后的苦从嘴里倒出来。苦水倒得越多,酒也喝得越多。说着喝着,喝着说着,我们都不知不觉迷糊起来了。

突然,听到砰砰砰的敲门声:"阿山,开门,阿山,开门!"一听是女人的声音,阿山浑身一激灵,迷迷糊糊地问:"老婆,你不是出差了吗?""谁是你老婆,我找阿军!"啊,是我的老婆杨芳。我的酒也醒了一大半,正要起身去找地方躲起来,只听阿山说:"哦,是杨芳啊,陈雪没在家,我就不叫你进来了。阿军没在我这里啊!"

"我知道你老婆出差了,我找阿军!"

"阿军真的没在这里啊!要不,你进来看看?"阿山说。

"那就算了!"听到杨芳踩着高跟鞋噔噔噔下楼去了,我和阿山便又东倒西歪睡了起来。

睡梦中,砰砰砰的敲门又突然响了起来:"阿山,开门,阿山,开门!"又是一个女人的声音。

最先惊醒过来的阿山不停地推我:"赶快躲起来,你老婆又来了!"

啊,又杀回来了!我猛然一惊,一下子钻到阿山的床底下躲起来。

见我已经藏好,阿山才打着哈欠慢腾腾地去开门:"杨芳,你还信不过啊,那你进来坐吧,不过……"

"谁是杨芳,啊?阿山,你说!"是阿山老婆陈雪的声音。

"啊,是你,老婆!你……你不是出差了吗?"阿山声音也颤抖起来了。

"我是出差了啊,不过我提前回来了,就是看你阿山会背着我搞些什么。"阿山的老婆陈雪边说边在各个屋子里找什么,"你屋里没藏什么人吧?"

"没,没……"阿山支支吾吾地说。

"真的没有?"陈雪咄咄逼人的声音好吓人。

"哼,出来吧!"只听陈雪冷笑一声,站在我躲的床的前面,"我都看见了,还能躲得了吗?出来让我看看是什么样的狐狸精!"

躲是躲不住了,我只好慢慢地从床底下爬出来。

"是你,怎么会是你?阿军,你躲在这里干什么?"

"没,没,没干什么啊。"我语无伦次地答道。

只见这时,陈雪将阿山看了半天,又转过来盯着我,很久才说:"你们不是在搞同性恋吧?"

啊,同性恋!我和阿山都哈哈大笑起来。

正笑着,又突然传来砰砰砰的敲门声:"阿山,好啊,你老婆出差了,你在家里乱搞啊!我都听见阿军的声音了,你还想哄我呀!叫阿军给我开门!"这回真是我老婆杨芳,杨芳真杀回马枪了!

陈雪在这里,我不得不出去开门。谁知,门一开,杨芳就劈头盖脸向我打来:"好啊,你个无情无义的东西,哄我说加班,单位却找不到人,竟敢跟姑奶奶捉迷藏,在外面乱搞女人。去把屋里那个婆娘给我叫出来,我都听到声音了。"

老婆不由我分说,拉着我就往里面钻:"那个骚婆娘,你跟我出来!"一见到陈雪,杨芳一下怔住了:"啊,怎么是你,陈雪……"

没想到,为偷喝一次酒,竟会这样……

激情只在 QQ 上

杨帆近来突然迷上了电脑,准确地说,是迷上了 QQ 聊天。

以前杨帆对上网没啥兴趣,他的工作不需要电脑,他平时连鼠标也很少摸一下。家里虽然有台电脑,但还未等他把五笔学会,那电脑便成了学电脑专业的妻子陈慧的专用品。平时听到同事们津津乐道于 QQ 聊天,杨帆也心痒痒的,同事帮他申请了一个 QQ 号,他也上过一次,却没人找他;他找别人,因不知聊些什么,人家说了几句也不理他了。过后便没兴趣了。

杨帆迷上网上聊天完全出于偶然。早上与妻子发生了一点儿矛盾,杨帆中午不打算回家去看妻子那不冷不热的面孔。在街上随便吃了点东西后,杨帆便回办公室休息。可三个小时的午休时间实在难打发,无聊的杨帆就打开了办公室里的电脑。一见桌面上的企鹅 QQ,杨帆便鬼使神差地将 QQ 号和密码输了进去。没想到,杨帆刚一登录,一个名叫"同命鸟"的家伙便要加他为好友。一看资料,同命鸟,30 岁,女,地址也是本市。好,同龄人,正好聊。杨帆赶紧点了确定。

因为现实中的杨帆时常感觉孤独,所以,那次申请 QQ 号时,杨帆为自己取的网名叫"孤独客"。

就在这天中午,孤独客与同命鸟便在 QQ 上聊开了。

初次相遇,一番问候和客套之后,孤独客便首先问起了对方的爱好,没想到同命鸟的回答让他惊喜不已:音乐、旅游、交友不

也是自己的爱好吗？后来，对方又谈到了人生的平淡无聊、现实的残酷无奈之类的话，也引起了他的同感。只是那叫同命鸟的女人打字特快，有时催促得孤独客手忙脚乱。

这天中午，孤独客杨帆与同命鸟聊得实在太投机太开心了。这种感受是杨帆已好几年没体验过的，所以最后，杨帆欣然接受了对方提出的约定：每天的这个时候在网上见面。

没想到，第一次正式上QQ，杨帆便有一种仿佛与陈慧初恋时期的感觉。

正是缘于共同的志趣和爱好，杨帆和陈慧在大学里从相识到相恋，最后携手走进了婚姻的红地毯。"执子之手，与之偕老"，新婚生活是多么幸福和温馨啊！想当初，他们都心怀憧憬，要让这种美满、温馨和浪漫的婚姻生活伴随他们一生一世。琴瑟和鸣，直到天荒地老。

可这种生活并没有维持多久。工作和生活的压力，使他们曾经浪漫的心渐渐疲惫起来，他们曾经的激情也变得委顿。那台为新婚小家购置的钢琴，如今已充当了好几年附庸风雅的摆设了。如果说新婚时还有过"妇唱夫伴奏"的浪漫时光的话，自从孩子出生后，那日子便再也一去不复返了。

要不是出差，他们哪想过要走出这个钢筋水泥砌成的城市；除了常在一起"砌长城"的牌友，他们又何曾有过其他朋友；至于什么社会、人生、爱情之类的话题，早已成了家庭生活中不和谐的音符了。

第二天中午，孤独客杨帆又与同命鸟准时在QQ上相会了。这次，他们的话题又由社会、人生转入爱情、婚姻和家庭方面。孤独客本想借此说说心中的不满，哪知，当他一提起这个话题，对方便迫不及待地向他倒起了苦水。同命鸟说了一大通对她的婚姻和家庭现状不满的话:当初希求的是一种温馨浪漫的婚姻生活,这愿望却被现实的无情击得粉碎,家庭生活只剩下处理日复一日的琐碎事,夫妻生活也简化成了周期性的机械的性生活,偶尔的交流也多是世俗性的交谈……

这些话多么契合孤独客的心理呀!于是,孤独客将同命鸟的话复制下来重新发过去,并表示这也正是他想说的,还借此将自己的网名做了一番注解。

接下来,同命鸟继续说:这么多年我不知是怎么度过的。

孤独客回复:我真后悔我虚度了这么多年。

当然孤独客心里还想说:真幸运今生让我遇见了你同命鸟。

……

从此以后,杨帆沉寂多年的心又复活了,他感觉又回到了大学时期,回复到了他与陈慧花前月下的恋爱阶段,遗憾的是这个女人不再是做他妻子的那个陈慧。

其实,枯燥烦闷的家庭生活,早已让杨帆寻求刺激的心蠢蠢欲动了,只是以前没有机会罢了。如今这个天赐的良机他岂肯错过?

杨帆扪心问过自己多次,他不得不确信自己已爱上了同命鸟。到后来,他们不仅中午相约,下午下班后他们也要聊上一阵,但杨帆还是觉得不够,他恨不得一天24小时与同命鸟在一起。然而,他只能在单位同事下班后才有机会上网,才能与同命鸟尽情地享受那份愉悦。家里的电脑妻子早用密码锁定了,即使不锁,他也是万万不敢用的。妻子别的方面可以不管他,但在男女关系方面对他看得特紧,如果让她发现他在与别的女人约会,即使是网上聊天也是了不得的。

令杨帆欣慰的是,虽然这段时间他下班后很晚才回家,但妻子并没有像以往那样追问他的行踪,只是一直对他不冷不热的态度更加不冷不热。管她呢,别找麻烦就好,杨帆想。

一旦在爱情、婚姻、家庭方面达成了共识,引起了共鸣,杨帆与同命鸟的心就贴近了许多。现在他们已经无所不谈了。

有一次,同命鸟在QQ上说:你的话滋润了我干渴的心田。

孤独客也说:你让我枯萎的人生获得了新生。

终于有一天,孤独客再也抑制不住焦渴的心,再也不满足于在网上的纯精神恋爱,他要见同命鸟一面,他强烈地想见到她。他要亲口告诉她他在心头已重复了无数遍的那几个字。如果她愿意,他将义无反顾地冲出现在的围城或者说牢笼,与她去飞越那既有星星月亮又有七色彩虹的绚丽天空。

孤独客与心爱的同命鸟约定了见面的时间、地点。

那一天,孤独客与同命鸟终于从QQ走向了现实,身挎小提琴的孤独客杨帆与手持一束红玫瑰的同命鸟在"情人湖"公园见面了。

只是见面的结果令他们大吃一惊,原来同命鸟就是杨帆朝夕相处的妻子陈慧!

第四辑

意味深长

追小偷

夏日的一个下午,西斜的太阳依然热辣辣的,地上一丝风也没有,炙烤了一天的城市这时更如一座偌大的烤火炉。大街上不时滑过的一辆汽车,见不到几个行人。街道两旁的小货摊除了守摊的人没别人光顾,摊主们像被热浪蒸蔫了似的,一个个耷拉着有气无力的脑袋。唯有附近的几个大商场里人流不断,人们都在享受商场里中央空调放出的幽幽冷气。

"Stop！Stop！"突然,空寂的大街上传来急促而大声的呼叫声。

昏昏欲睡的人们一下子振作起来了。循声望去,只见一个高大肥胖的洋人正在追一个十四五岁的少年。那分不清国籍的洋人一手提皮箱一手握着一把钞票,少年单薄的背上背着一个沉重的书包。看样子,少年刚放学。洋人一边哇哇地大叫一边移动着肥胖的身躯,可那少年似乎没听见后面的叫声,箭似的往前面射去。

洋人被少年越甩越远了。

人们听不懂洋人叫喊的意思,但凭着见多识广的眼睛也明白了眼前发生的事情。

最先是街边一个卖冰棍的老太太大声叫起来:"抓住他,抓住那个小偷！"

接着,街头那推板车的汉子放下板车就追了上去:"抓小偷啊,抓小偷啊。"

接着,街边的个体摊贩们也丢下摊子追去了:"追小偷啊,为咱中国人争脸啊!"

接着,骑自行车的、要进商场还未进的、偶尔在街头行走的人们都纷纷追了去:"别让洋人小看咱们中国人啦!"

哪知,那少年跑得太快,人们一时也追不上,这时,只见那少年跑进了医院的大门。人们正担心少年进了医院就难找到了,这时,医院门口一个刚买好一袋水果的民警听见叫喊声,回头一看眼前的情形,没等卖主找补零钱,提起水果袋也追了上去。

幸好有民警出示证件,医院值班人员才允许进去搜查。一大群人找了四五个病房后没发现少年。这时那个洋人也气喘吁吁地跑来了。正在这时,他们发现了那个少年。那少年正跪在一个女病人的床前,背上的书包还未来得及取下。

"妈,我不读书了,我去卖冰棍给你治病好吗?"少年对躺在病床上的女人说。见女人不搭腔,少年便抓住女病人的手又说道:"妈妈,你答应我,答应我好吗?"

警察一行人正要进去抓那少年时,却见那个高大肥胖的洋人率先走了进去,洋人进去就将手中的一大沓钞票往那少年怀里塞。少年回过头来,才发现自己身后已站了那么多的人。这时,人们发现少年的眼眶里已是泪水莹莹。

"我捡你的东西应该还给你,我说过,我不该要你的钱!"少年将钱硬推回给了洋人。

见到这情景,屋里的其他人目瞪口呆,好一阵才明白发生了什么。追来的人一个个都不好意思起来。

"这就是你们要抓的小偷?真是莫名其妙!"不知什么时候,放他们进来搜小偷的医院值班大爷也来到了病房,"这孩子可是每天下午一放学就往这儿跑,她母亲在这儿住了近一年的院了,这孩子真是难得啊!据说还没爹,多可怜啊!"

听了值班老人的话,想起先前听见少年对他母亲哀求的话,人们都禁不住眼睛湿润起来。

首先是警察带头,随后是个体摊贩,随后是推板车的,随后是骑自行车的,随后是偶尔走上街头的人……一个个都掏出了身上的钱。二十元,五十元、一百元……纷纷放在了少年母亲的床头,还有警察手里的那袋水果。

"OK!"洋人也将手上的钱放在少年母亲的床头。

少年和他的母亲来不及表示什么,人们已默默地退出了病房。

当人们从医院出来时,西边的太阳依旧热辣辣地照着这座城市,但人们的心头感觉有一股清风掠过。悠凉,悠凉……

捡了一部手机

才从财务室领了工资出来,可李洪的心里却怎么也高兴不起来。辛辛苦苦一个月,想不到因为公司的销售业绩不佳,这个月只领了平时的一半,就这个数拿回家,想象力异常丰富的老婆非找他麻烦不可。老婆本就疑心很重,这下肯定要说他把钱拿去给什么女人了。

怎么办?一向怕老婆的李洪坐在公园的条椅上愁眉苦脸地沉思着。

忽然，李洪眼角一闪：条椅下面的地上正躺着一部灰色的手机，看款式，还是一部新型的高档手机，多半是刚才坐在这里的那位提密码箱的男人留下的。李洪抬眼四处望了望，没见那男人的影子。李洪立马伸手将手机捡了起来，再看看周围也没人，便立马揣进了衣袋里。

"好家伙，这下不就解决了吗？到时就说用工资奖金为亲爱的老婆买了这部手机啊！"李洪心里的愁闷一下子消散了。

揣着捡来的手机，也揣着意外的喜悦，李洪赶紧溜出了公园。

当他来到认为比较安全的地方时，他终于将手机从怀里掏了出来，好好打量了一番。嘿，这可是带 DV 功能的时下最流行的新款手机，九成新，怎么也得值八千来块钱吧，难怪先前那男人一看就像个大富翁。

李洪想：这么高档的手机，这回终于可以在老婆面前扬眉吐气了……

为了消遣这莫大的喜悦，接下来，李洪平生第一次独自来到酒店，痛痛快快喝了一场，为自己庆贺。

酒足饭饱，已是晚上九点来钟，醉眼蒙眬的李洪歪歪扭扭地回到家，来不及向老婆汇报情况便一头倒在沙发上睡过去了。

一觉醒来，一看墙上挂着的挂钟，已是夜里零点了，再看身边，老婆正坐在一旁的单人沙发上，手里正握着他捡来的那部手机。李洪一看手机，脑袋倏地一激灵，正准备汇报，没想到，还未及开口，只听老婆开口怒斥道："好你个李洪，你终于睡醒了啊！我问你，今天发工资你兜里怎么就那么点儿？你在外边有情人了吧？"

"冤枉啊，老婆，我可真的什么都没有啊！"

"哼，没有？没有，你买这么好的手机，悄悄买了手机不是送情人送谁？"

"哦,你说这手机,"一提到手机,李洪来了精神,立马嬉皮笑脸地转向老婆,"因为我这个月多发了三千块钱的奖金,我就专门买了一部高档手机送给老婆大人你,让你也在朋友面前炫耀炫耀啊……"

没待李洪说完,老婆愤怒地赶紧骂道:"呸,送我？我看你还编到什么时候？我问你,要不要我把电话打过去……"

"把什么电话打过去？"李洪莫名其妙地盯着脸都气变了色的老婆。

正在这时,那手机响起了美妙的音乐:"老婆,老婆,我爱你……"

李洪一把抓过电话,摁下接听键:"喂,找谁呢？"

电话那头传来一个恶狠狠的女声:"我就知道你在,你现在给我听好了:第一,你必须马上同你老婆离婚；第二,你必须立马同你认识的那情人断绝关系；第三,你必须立刻和我结婚。要是你不答应,我可就豁出去了……"

音量很大,李洪和老婆都听到了。

"姓李的,这回你该没说的了吧？咱俩离婚……"说完,老婆摔门而去……

李洪攥着那部手机,愣愣地呆了一阵,突然意识到自己犯了一个不可挽回的错误:我怎么就没把原先那卡给取出来呢……

老妈收到一张假钞

老妈采购回来,从身上抓出一把零钱让老爸清理,看搞错账没有。账倒是没错,老爸却从那堆零钞中发现了一张50元的假钞。老妈心疼死了。也难怪,老爸老妈的退休工资都只有几百元。

生了半天气,老妈决定立马将50元假钞用出去。

老妈主管一大家子伙食,平时节约得很,鸡鸭鱼什么的难得买一次。"死马当活马医吧,买点儿高档的改善改善伙食,总比白丢50元划算。"于是,老妈捏着50元假钞就径直去了农贸市场专售鸡鸭鱼的摊位。一看卖鸡的摊位前顾客拥挤不堪,摊主一个人忙得不可开交,正是用掉假钞好机会。老妈选了一只又大又肥的公鸡,称后一算账刚好38元。老妈刚把那张50元假钞递给摊主,心就乱跳,这时,穿一身制服的大盖帽又突然挤了过来:"喂,鸡老板,今天咋没来报到呢?那就交50元罚款吧。"

摊主哀求说:"同志,对不起,我老婆病今天又犯了,我得早点儿拿钱回去买药,所以没来得及上您那儿。"边说边取下耳朵上夹着的一支烟给大盖帽,"您看我卖这筐鸡还挣不到50元哩,您就高抬贵手吧!下次一定来,一定来……"

大盖帽推开摊主的烟说:"不拿钱也行,那就提两只鸡抵罚款吧。"说着便从鸡笼里抓起两只鸡大摇大摆地走了。摊主无可奈何地愣怔了好一阵。

老妈见状,赶紧对摊主说:"你就别难过了,这样吧,把50元还我,我拿40元零钱给你,两元零的就不用找了。早点儿卖完回去给你老婆买药吧。"

从菜场出来,老妈还在唏嘘,但一看到手里那张未用掉的50元,心里还是不甘。一看大街上来来往往的出租车跑得正欢,老妈又灵机一动:自从退休,我还没坐过出租车哩,何不今天坐它一回?老妈招手便上了一辆出租。因农贸市场离家只有几百米,老妈上车便对司机说从一环路绕道去二道桥小区。反正是打表计费,司机一听高兴地一踩油门。哪知,刚上一环路时,车又被一个大盖帽拦住,说是要检查司机的证件和车况。司机的证件和车况都没问题,大盖帽东看西看,终于看到司机没系安全带,要罚款50元。司机哀求大盖帽说:"我和老婆都下岗了,找不到工作,刚借钱买了这么一辆车开出租,生意也不好,孩子上大学也等着用钱。"大盖帽气势汹汹地说:"废话少说,是缴50元罚款还是没收证件,你自己选择吧!"司机没法儿,只好垂头丧气地拿出50元给大盖帽。

见此情景,老妈赶紧对司机说:"我还要办点儿事,就在这里下车吧。"一看表,要13元车费,老妈只得从身上掏出13元零钱给司机。

接连经历两件事,老妈感慨不已,下车后,老妈也再不去想那50元假钞了,只想回家。只是花了13元车费后,老妈还得往回多走两公里路。

老妈回家将经过一说,一家人都取笑了老妈一阵,又感叹了一阵世风。最后,老爸老妈再次商议决定,不再想着去花那50元假钞了,为了吸取教训,决定将张50元放在客厅茶几的玻璃板下以时刻提醒出门小心。

事情并没就此结束。晚饭后,老妈坐在客厅看电视时,突然发现玻璃板下的那张50元假钞不见了。一个个追问,我那6岁的小儿子真真才说:"我拿去买零食请同学了,我这儿还剩10元呢。"

"什么?你拿去买零食了?"妻子大吃一惊,"你等着,看我怎么收拾你!"

妻子正要起身去拉真真,被老妈一把扯住:"真真比我有能耐,虽然买了零食,也算赚回了10元。你还要收拾他?"

"妈,他哪赚回了10元?"妻子气愤不已,"那50元是真的,假的那张50元我早交到银行去了。"

富翁与叫花子

在这个城市,许多人只知道房天明是一个赫赫有名的富翁,很少有人知道,6年前的房天明还是一个受叫花子欺负的人。

6年前,房天明怀揣着一张财务管理专业的大专毕业证书来到这个经济发达的城市,贫困山区出身的他只想凭自己所学的知识和勤奋找一份稳定的工作,有一份稳定的收入养活自己和回报含辛茹苦的父母,没成想,一个多月过去了,工作丝毫没着落。没钱交房租被房主撵了出来,流落街头的房天明看到一个残疾叫花子可怜,把身上最后的一块钱也施舍了出去。

眼看天色渐渐暗了下来,房天明只好饿着肚皮赶紧寻找一个栖身之处。拖着破旧的行礼箱,房天明终于找到一个勉强可以遮

雨避风的破棚子，不料，那里早已有了一个叫花子。那叫花子见有生人来占地盘，立马起身要赶他走。

"你给我滚开，这是我的地盘！"这时的叫花子，不但丝毫不残疾，还以其强壮的身体一把就将房天明推倒在了地板上。

"原来是你，你不是残疾人啊，你身强力壮怎么不干点儿正经事儿呢？"房天明一看正是几个小时前可怜兮兮地向他讨钱的叫花子。

"你管我干什么，我干什么你管得着吗？你这个干正经事儿的怎么也混到我这样了呢？"

叫花子并不把施舍了自己钱的房天明当回事。

正在两人你推我挡的时候，头顶上莫名其妙地突然砸下什么东西来，借着昏暗的灯光，房天明看清楚了，那是钞票，捆扎得好好的百元钞票，至少有五沓。正当房天明惊讶地向上望钞票来源的时候，叫花子以迅雷不及掩耳之势将地上的钞票通通捡到了自己手中。

"这可是我捡的！"说着，叫花子像老鼠一样迅速逃离了。黑夜中，房天明还听远远地传来叫花子的声音："这地盘我让给你了……"

想着这如梦似幻的一幕，房天明不知发生了什么。正在他怔怔站着的时候，头上又接连不断飞来一沓沓钞票，比先前还多。他捡起来一数，一共25沓，每沓大概是一万元，他望了望旁边的楼房，肯定是从楼上丢下来的，但不知是哪家，也没人出来看。有一瞬间，身处绝境的房天明也想带着这些钞票像那个骗钱的叫花子一样离开这里，但他最终犹豫了，自己虽也想发财，但不是靠这种方式发财呀；如果这样，自己与那骗子、叫花子有啥区别呢？何况这些都是来路不明的钱，说不定还会触犯法律。

最后，房天明抱着这一摞钞票上楼去了，发现一间屋子里亮着灯，还有说话声。房天明敲开了房门，正好见到几个公安人员，他赶紧交出手中的钱，并说明经过。没想到，钱正是从这里扔下楼的。原来，几个公安人员正在这里查一个赌博窝点，赌徒们见公安到来，想方设法把赌资从窗口扔了出去。公安人员正愁找不到证据，见到房天明到来，自然是非常感谢。

在查赌的公安人员中有一位是公安局副局长。公安局副局长详细地了解了房天明的情况后，赶紧将消息透露给全市的新闻媒体。第二天，全市各媒体纷纷报道了房天明求职无门、身处绝境却捡到巨额现金不动心的事迹，房天明一下子成了新闻人物，紧接着又成了各大公司争抢的人才。有一家民营集团公司的老总说："我这里不缺少人才，但像房天明这样的人哪怕他是一个小学生我也要！"

房天明很快来到了这家民营集团公司财务处上班。他的忠诚、勤奋刻苦以及不畏艰难的敬业精神也很快赢得了全公司员工的称赞和集团老总的赏识。一年之后，房天明从一名财务处的普通职员升到了公司会计，再一年又升为财务总管，第三年又被提升为公司副总经理。鉴于房天明的人品和对公司的贡献，5年之后，集团老总决定将20%的股份让给房天明，房天明成了名副其实的千万富翁。

因公司承包了城市改造的部分项目，那天，身为集团公司总经理的房天明带领公司上层管理人员来到了承包片区。没想到，这里正是5年前他与叫花子争地盘的地方，只是当年他不知这里叫什么名字，更没想到的是，这天他又遇到了5年前的那个叫花子。那叫花子如今真成了缺了双腿的残疾人，感慨万千的房天明不由得走向了那个不知名的叫花子，进行了一次富翁与叫花子的对话。

"你的腿咋成了这样?"房天明问。

"被人打折了。"叫花子真的楚楚可怜了。

"为什么被人打?"

"他们说我冒充残疾人骗钱。"

"你当年不是捡了5万块钱嘛,怎么还骗钱?"

"那5万块早就被我花光了。"叫花子突然反问房天明,"听说我走后你又捡到更多的钱了?"

"是啊,可我没要。"

"没要?你今天咋成了大老板了?"

"你不明白,是吗?这就是你只能是个乞丐的原因。今天我身上有钱,但只想给这点儿。"说完,房天明丢了一张十元钞票给叫花子。

信　任

那天药店的生意特差,我和小王守了一上午,一个顾客也没有。

快到中午的时候,我正要去吃午饭,突然来了一个顾客:一个满身脏兮兮的中年妇女。那中年妇女说,她和自家男人一起到城里来打工,都在一个建筑工地上干杂活儿。刚才正干着活儿的男人突然叫肚子疼,疼得直流汗。本想送他去医院,可男人说医院里光挂号费和门诊费就不少,不去医院,要我来药店买些药。

我叫小王给她配药,包好,然后算药价,25.5元。

那妇女摸出一把皱巴巴的零钱,数了半天,只有20元。"姑娘,你看……我的钱……不够。"那妇女对小王说,"我能不能先赊着,过两天再补5.5元?"

"你问我的老板吧!"小王转向我对妇女说。

没等中年妇女开口,我一口回绝道:"不能!"一上午没有生意,好不容易来一个顾客却是这样子,我心里压着一肚子的气。

"这位大姐,您就行行好吧……"那中年妇女可怜巴巴地望着我。

"你看我也是小本经营,生意也不好,我们一律不赊账,也赊不起账!"我没好气地回答。其实我这药店也赊账,但只对很熟的人。这些从农村来打工的我又不认识,再说她赊了账又不知会不会补,我才不信她那骗人的鬼话。

那中年妇女无助地望着我,又看看小王,眼睛里似乎含着泪水。我转身望着大街上的行人,假装没看到。在生意场混了几年,虽没赚多少钱,但我却明白了一个道理:凡涉及钱,就不能抱任何同情心,如今这社会只有钱拿到手才算钱。

"这位大姐,这样吧,我借给你5.5元。"这是小王的声音。

我转过头来,只见小王从自己的小提包里拿出5.5元钱来,和那中年妇女的钱放一起,然后一齐收到药店的钱柜里。

"谢谢您了,姑娘……"那中年妇女深深地弯了一下腰,还要说什么,被小王的话挡了回去:"别说了,你赶紧把药拿回去让你丈夫服下吧!"

我冷眼看着小王的一举一动,心想:小王也是年轻不懂世事,你充什么好人? 我虽然包了小王的吃住,但一个月不过给她三百元的工资。

待那妇女走后,我问小王:"你就不怕她不还你吗?"

"我相信她会还的!"小王回答得很干脆。

不久,我就渐渐忘了这事儿。大概二十多天后的一天,小王请假回乡下老家了,我因早上起床晚了,直到九点过后才来到药店。刚到药店门口,一个妇女突然蹿到我面前,吓了我一跳。"老板大姐,你店里那个小王姑娘来了吗?"听到声音,再定睛一看,我才发现是那次来买药欠钱的中年妇女。

"你是来还她钱的吗?"

"是,小王姑娘在吗?我们在这里等了一个多钟头,一直没见到小王姑娘。"中年妇女说着,突然从旁边拉过来一个乡下模样的男人,男人手里还提着一袋水果,"我和我男人要来感谢她!"

看到他们那样子,我突然有一点儿感动,赶紧说道:"小王回家去了,明天才能来,你们把钱给我,我转给小王吧!"

那妇女和她男人都用一种狐疑的眼光看了看我,又互相使了个眼色,然后对我说:"那就不麻烦你了,我们明天再来就是了。"说完他们就走了。

第二天,当我中午时分赶到店里时,小王递给我一根香蕉。香蕉是我最喜欢的水果,我赶紧剥开咬了一口:"嗯,好香蕉!"又突然想起什么,说:"小王你从来不买这些吃,怎么今天舍得?"

"才不是我买的,是那次那个买药的妇女和她男人送来的。"

听了这话,想起那妇女买药的事儿和昨天他们夫妇那狐疑的目光,我的喉咙好像突然哽了一下,也再吃不出香蕉的滋味来了。

奇怪的保姆

朋友们都说保姆易找,好的保姆却难求。

我与妻均是教师,妻产假期满正遇九月开学之际,孩子必须请保姆。这是我们家第一次请保姆。作为新班班主任,开学初正是我忙得不可开交的时候,别说找好保姆,就是找个一般的保姆也没时间。虽跟职介所联系过,但久未回音,孩子又急需人照看。正在我发愁的时候,那天,一个中年妇女居然主动找上门来,声称要到我家当保姆。起初我还以为是职介所介绍来的,便没多问,只谈了当保姆的待遇:包吃包住,每月工资二百元。还有就是跟她交代要注意的事项。她也没多说什么,只说是从乡下来的,除此便是反复声称要我放心,她保证把我的孩子带好。那样子好像生怕我不要她似的。

看她说话很诚恳,但到底如何还得过一段时间才能证明。一两个星期过后,她果然让我放心,不仅孩子带得细心(准确地说比我们自己带得还好),而且家里也给料理得清清爽爽。因我与妻平时工作都忙,除了周末没时间收拾家务,家里常常是乱糟糟的,这下倒好了。照预先讲定的,料理家务是她的分外事。她虽没提出别的要求,但我们还是想每月给她加点儿工资。

只有一点让我有些不解和厌烦。这保姆平时总爱问我关于学校的情况,尤其是我教的班:学生守不守纪律呀,学习钻不钻心呀什么的。作为重点中学,我们校的校风、班风和学风都挺不错的。一听我说还可以,她便会露出满意的笑容。几乎每隔一两天,她都要向我打听,也不管我累不累。我不好问她为什么爱管我的事,但心里却有点儿厌烦她那唠唠叨叨的性格。为了融洽主人与保姆的关系,我又不得不硬着头皮跟她敷衍。

听我说起我家的保姆,同事们都说那算什么,只要把孩子带好就很不错,如今就这样的保姆也难找了。听同事们都这样说,我还有什么不满的呢?

临到月末,我得照约定给保姆工资。没想到,当我将二百五十元钱交到她手中后,她数了数马上又原原本本地还给我。我一惊,难道加五十元嫌少?我便再加上五十元。我想,大不了从下月起叫她别干家务了,月月出三百元对于我们这样的家庭来说难以承受。可当我将三百元交给她后,她数了数仍旧退还给我。这下我就大惑不解了。我只好跟她来一次讨价还价了。没承想,她说出一番让我更吃惊的话来,她说她一分钱都不要,能吃能住就很满足了。

她到底是什么人?难道是无家可归逃难的?出于说不清的原因,当然更多是好奇,我第一次问起她的来历。她开始还有些欲言又止,后见我摆出一副不达目的誓不罢休的架势,她才慢慢地道出了来当保姆的真相。

她说她家虽在农村,其实还是比较富裕的,并不是非要当保姆才能生活,她当保姆全是为了她的儿子。本来儿子读小学时成绩一直很好,可上了初中不但成绩下降很多,而且表现也差了,就是因为几年前家里买了一辆中巴车,丈夫天天开车从乡下到县城往返拉客,她也天天跟车卖票收钱,钱是赚了不少,却没能管到孩子。她和丈夫一直希望儿子能考上大学,可今年连重点中学都没考上,结果交了几千块钱才进到我们学校,就在我所教的班。她还说开学那天她送儿子来报名时听说我家在愁找不到保姆,她回去后跟丈夫一商量就决定来我家当保姆,为的是随时关心她儿子的学习和表现。

哦,原来如此!开学那天是有许多家长送孩子来,可我就是没注意到她。多好的母亲啊!我突然为以前对她的敷衍感到汗颜。

"那你也得要我给你的报酬啊!"

"不,我说过我们家并不缺钱花,再说,我带了你的儿子,你也教了我的儿子啊。"

"那可不一样,"我跟她讲起道理来,"我教你儿子是我的工作,况且国家给了我工资啊。"

"我虽没文化,你说的道理我也懂,但我就是不会要你的钱,只要你把我儿子教好我就什么都放心了。"

最后,她当然仍是死活不要我的钱。

然而,她那句"只要你把我儿子教好我就什么都放心了"却无时无刻不萦绕在我这个教师的耳际。

优秀班成绩展示板

高二(1)班因为学生德、智、体、美、劳各方面的突出表现,本学期被评为全校唯一的省优秀班集体,成了校内一道引人注目的风景。恰逢学校进行本学期班级展示板评比,校领导便特别指示高二(1)班,本次展示板一定要展出省优秀班集体的风采,让全校各班都向他们学习。

为此,班主任在办公室专门召开了一次班干部会,一再交代全体班干部,说:"这次展示板不同往学期,如今咱们是全校的省优秀班集体,不仅要办好而且要办出优秀班的特色。"最后还嘱咐大家务必要把这次的展示板展出当成一项严肃的政治任务去完成。听班主任这么一说,班干部们都信心十足地答道:"没问题,保证胜利完成任务。"

以往几学期的展示板评比,这个班级几乎每次都是第一。班干部们对此都有丰富的经验了。

谁知,干部们下去不到十分钟,班长和宣传委员便愁眉苦脸地回来说,别的倒没什么,就是人员的名单上不知该写哪些人。一听人员名单班主任当然明白指的是什么,而且突然发现自己先前忽略了一个重大的问题。

照以往惯例,展示板上须注明顾问、策划、主编、责任编辑、指导教师等一系列人员的名字,这些人员当然由学校有关领导和有关教师组成,指导教师为班主任,责任编辑系任课老师(包括生活指导老师)。问题在于以前的展示板均是对班上某一方面成绩的展示,相关的领导和老师都限定于某一范围,而这次是对班上成绩的全方位展示,班主任及有关的教师光任课教师就21人,另外,还有学校领导中校长1人、支部书记1人、副校长4人、支部副书记1人以及教务处正副主任、政教处正副主任、总务处正副主任、办公室正副主任、团委会正副书记、保卫科正副科长共24人。如此一来,领导加教师一共45人。

"刚好与我们高二(1)班学生人数相同。"班主任戏谑道。

"难道都要写上去吗?"看到班主任像小学生那样认真地在草纸上做加法运算,班长不解地问道。

"你说呢?"班主任高深莫测地反问道。

"我……"班长当然无话可说。

"那你们说我们班所取得的成绩与这些领导和老师哪些没有关系呢?"班主任提示两个班干部。

"与他们当然都有关系。"班长和宣传委员异口同声道。

"要说真没直接关系的倒是校级领导,可你能将校长、书记名字去掉?"班主任对他的学生引导说。

"以往每次都有,这次当然也少不了。"

"而且你们想过没有,若不是他们,我们班能评上省优秀班吗?"班主任进一步引导道。

"那只有全部写上?"宣传委员问。

"还有一年时间,我们班还要不要他们的支持?"其实,班主任最怕的是背上一个目无领导、不团结同志的名声。

"写上这么多名字后就没多少剩余的版面了,该怎么办?"

"能写多少东西就写多少东西,"展示板最多只有一块黑板的三分之二那么大,班主任不是没考虑到这问题,"尽量概括,突出重点。"

班长和宣传委员"领旨"后便去规划版面。尽管他们精打细算,可除了列举名单和必要的花边、刊头后,余下的版面最多只能容纳一句话,就连原先准备的一些图片也只好取消。

这句话到底怎样概括浓缩才好呢?

为此,在班主任的引导下,班干部们经过一个晚上的各抒己见,最后终于达成一致意见,概括出一句最佳的话:"高二(1)班能评省优,全靠全校领导和教职工的关怀教育。"

展板一展出,全校师生目瞪口呆,唯有高二(1)班班主任默然微笑。

几天后，由学校领导组织的评审团对各班的展示板进行集中检查评比，评审团对高二(1)班的展示板评审的结论为：该展示板既展出了成绩，更展出了特色，理当获得第一名。

陪妻上街买

那天，原本说好下午陪老婆小雪上街买衣服，可下午小雪叫我时，因我的一篇小说正写到紧要处，我说不去了。

"走嘛，就一会儿！"小雪要拖我去。我一下子跟她急了，粗暴地甩开她："你一天就知道穿着打扮，没见我正忙着吗？"

小雪一下子哭了起来。

"我不讲道理，可你……我……"小雪说着就十分委屈地哭了起来。这是结婚后小雪第一次落泪。

见小雪那副伤心落泪的样子，我只好毫不情愿地答应陪她上街。

我与小雪结婚半年了，这是小雪第一次要我陪她上街。

我与小雪虽是大学同学，但并不在同一个系。因为我在校刊上发了几篇小文章，小雪慕名主动结识了我，后来我们恋爱了。

热恋中，小雪依偎在我怀里说，你将来一定能成为一个大作家。好啊，我说，我今后一定要用稿费来养活你。

其实，就靠那几篇小文章我哪敢妄想当什么作家，当时我对小雪说的也不过是一句戏言，但后来在小雪的欣赏和激励下，我硬是树立了今生要当一名作家的理想。

为实现我的理想,与小雪结婚后,我便正式开始了爬格子的生涯。我为自己专门制定了创作时间和创作计划。几乎每一天的工作之余,每一个周末,还有每一个节假日,除了三餐和上厕所外,我都将自己紧闭书房中,像一个走火入魔的武林中人,不是拼命啃读那一本本厚如砖头的中外名著,就是在那一页页稿笺纸上永不停息地排列那些熟悉或不熟悉的方块字,非但没能为小雪分担哪怕一丁点儿的家务,甚至没有陪过她看一次电视、上一回街。

见我同意了上街,小雪也一下子高兴了。

一路上小雪都紧挽着我的手,生怕我跑掉似的;我则心里气鼓鼓的,对她的亲热也爱理不理。到了街上,小雪径直走进一家商场,又径直走到那个位置,看都没看就取下一套西服递给我:"试试合不合身!"

原来,小雪要为我买衣服!

"不,不,我有衣服穿。"的确,我是一个不大讲究穿着的人。

"你呀,你看你,哪有一套像样的。听话,好吗?"小雪逼着给我穿上,颜色、款式不错,而且还挺合身的。我也有点儿爱不释手了,于是顺水推舟地答应了。

这就是婚后我第一次陪小雪上街的经过。

回家后,小雪才说,她早就想为我买一套像样的服装,但我又没时间也不愿上街,她想来想去,一个人几乎逛遍了整个小城的商场,最后才在那家商场发现了那套比较适合我穿的西服,这次是特意要让我去试的。

"那你为啥不说是为我买衣服呢?"我问小雪。

"要说是为你买,你肯定更不会去了。"

那一刻,一股说不清的东西突然在我心里涌动着,我情不自禁地一把将小雪紧紧地抱进怀里。

失物招领启事

本人伍该发于2005年4月10日在阳城市醉生梦死宾馆（省城最高档的五星级宾馆）内拾得一本高级日记本，封面没有地址，仅写有一个"张枉法"的名字。本人因多方寻求失主不得，现只好借省报一角刊登招领启事。

为了失主更好地确认，现任选几篇本中日记进行刊载。

2004年5月17日　办公室

那个姓李的家伙真是条嗅觉很灵的狗，隔几百里也嗅来了。管他，谁叫本县那几个建筑队不识时务，包那么大的工程，四五万就想把我打发了。那秃头王小根更不是个东西，暗示他几次居然还无动于衷。哼，我堂堂一个县长就那么好欺负？好在姓李的还算懂行，一出手就是十万，完工后还有好几万哩。看来姓李的是个有造化的苗子。

2004年6月3日　办公室

今天本来是专门到市里与姜市长交流交流感情的，可他姓姜的偏不买账。我就不信他真是正人君子，总有一天，他要败在我张枉法的手下。唉，要不是姜老头对我有看法，我才懒得去理他。哼，他难道不知道我是贾副省长的人？唉，要不是贾副省长叫我要与姓姜的搞好关系，我也不会有今天这副狼狈相。姜老头，你等着瞧！

2005年1月21日　办公室

我知道,春节就要到了,也该是财神爷到的时候了。果然,晚上一回到家,老婆就交给我一份清单,是她记下的一笔笔账目,一大张纸写得密密麻麻的。那个朱万良一个人竟送了五万。那姓朱的早就不想当城东乡的乡长了,他一直觊觎着财政局长那个位子,看来春节后还真该考虑考虑了。哦,怎么还有那么多的礼品?得向老婆交代清楚:凡是礼品一律不收。钱不值几个,还招眼。

2005年3月4日　办公室

那个女人真不是东西,今天居然把电话打到家里来了。叫她只打办公室电话,她偏不听。好在是儿子接到电话,要是让老婆发觉了就麻烦了。

对了,今天还得回去嘱咐一下儿子,千万不能跟他妈说有一个王阿姨打电话来。那母老虎对这些敏感得很。母老虎老婆虽不可怕,可老丈人还得依靠啊。

唉,我担心那女人会不会是有意让老婆……看来,必要时只好来个"马嵬坡葬杨贵妃"了。

2005年4月3日　办公室

从今天开会的阵势看,风声确实很紧。看来中央又在下大决心了。唉,说来说去,我还是有点儿怕那个姜老头,那老东西对我有所察觉。嗯,稳住,贾副省长还在哩,只不过这段时间要收一下手了,等风声过了再说。留得青山在,不怕没柴烧。

2005年4月9日　办公室

好久不下乡,今天一下乡便遇到烦心事儿。一路上都有人拦小车,要告什么状。也不知那些乡干部是咋搞的。骂了两个乡长,他们还觉得委屈。也是,那些地方确实出刁民,一说到要收款就告状,还说要去省城,进北京。

唉，不管怎么说，也不能让他们往上面告。

看来，不给那些刁民一点儿颜色看看是不行了。

为防他人冒领，恕在下不能公布日记本里的全部内容。

请失主见本启事后，在一个月内与阳城市醉生梦死宾馆歌舞厅伍该发小姐联系，电话：18181818。需付手续费101万元（登启事花去1万），否则，定将此日记本交检察院处理。

意料之外

学校只分了六个中级职称名额却有七人申报。硬件条件七人都达到了。老吴工龄最长，前两年就该上，可不知什么原因两次都被刷了下来。相比之下，我以及和我同时参加工作的张涛、孙小东三人的工龄稍短一点儿。

学校公布的结果是，我成了落选者。

"凭啥该刷我啊？"我找校长理论，"硬件相同就比软件吧，我的教学质量、我发表的论文、我搞的课题哪一样不比张涛和孙小东强？他们两人的论文是拿钱买的，你不会不知道吧？"

"彭老师，我们都知道你能力强，又会写，正因为这样，还愁评不上中级？多等一年吧。论文只有当年才有效，正因为他们两人是买的，刷他们，不是要他们明年还拿钱去买吗？你就让一让吧，再说，这都是我们几个领导研究决定了的……"校长解释说。

这是什么鬼逻辑？

"我要告你们！"我一巴掌拍在校长的办公桌上。

"随你便,看我们哪一条违背了上级的规定!"校长也火冒三丈。

也是,如今教师为评职称出钱发表论文已是公开的秘密,上级谁不认账?我告他们什么呀!

我气急败坏地从校长办公室出来时,已到中午下班时间了。

走到校门口,一眼看到前面哼着欢快歌儿的老吴,我更来气了:"你得意什么?你评上了就在我面前炫耀是不是?"其实也不是真对老吴有气,因平时与老吴关系不错,我只是想在老吴面前发泄一下。

老吴转过身说:"哎呀,冤枉,我不知道你在后面啊!"

见我一脸的愤怒和沮丧,老吴说,他请我喝酒,一来庆贺自己,二来也安慰安慰我。

端起酒杯,老吴才向我透露出一个秘密,说知道为什么刷我不刷张、孙二人吗?他们二人不仅买了论文,还用更多的钱买断了领导的决策权……怕我不信,老吴还有理有据地说了一、二、三……

听了这话,我更是气愤至极。怨气没法儿出,只好拼命地喝酒。要不是老吴将我拉走,我不知会喝成什么样儿。

心气难平,午睡不得入眠,下午上班走在大街上还头重脚轻的。突然,一辆小车从背后擦着我脚边过去,我一下子摔倒在地上……

接着,我进了小车。其实我没受什么伤,只是受了一点儿惊吓。车上那个中年人说要送我去医院,我说我要去学校上课。中年人问我是哪个学校,我说××学校,不料中年人说他正要去我们学校哩。

"他是教育局汪局长。"小司机搭了一句。

我只听说教育局刚换了一姓汪的新局长,但并不认识,心想何不借机说说我职称的事儿呢?可没待我想好如何开口,小车嘎的一声就停在了学校大门口。下车后,看到校长正满脸媚笑地恭候在那里,显然学校早知道汪局长将要驾临。随后,校长一眼看到了我,眼睛倏然一大,不过我没理会,怒视了一眼便走了。

没想到,第二天一上班校长就叫我去他办公室:"根据你昨天的意见,学校重新研究了一下,决定你的职称还是今年评……"我有些意外,但还是高兴。

两个月后,职称审批下来了,还是六个中级,被刷掉的又是老吴。

女人啊,女人

"假若老婆和孩子同时掉入水中,生命都受威胁,你先救谁?"对于这样的问题,恐怕许多女人都不止一次地问过丈夫。

这确实是一个令男人感到棘手的问题。因为老婆和孩子都是男人的所爱,先救哪一个后救哪一个实在难以选择。你说同时救嘛,老婆偏要你做出二选其一的准确回答。于是,狡猾的男人们往往会说"先救老婆",无非是哄老婆开心罢了。因为男人们都知道,这毕竟是一个假设命题,现实中是很难发生这种事儿的。要是真到了那个时候,男人们是不是都会按说的那样去做,而且也做得那样果敢,我想答案肯定是否定的。

然而世事难料,许多料想不到的事儿常常就不期而至。在一次洪水中,男人建就遭遇了前面讲的那情况。

建的家住在大渡河边,汹涌的大渡河经过这里更像一匹野马桀骜不羁,肆意奔腾咆哮,水流湍急不说,还经常掀起丈把高的大浪。在这里,淹死人的事儿常有发生,多是些自吹水性好的小青年。自从建与雪有了儿子后,雪便不时问建:"假如我和儿子同时掉到河里,你先救谁?"雪知道建很爱儿子,问这话都是在雪心情好的时候。建是一个老实憨厚之人,爱儿子,也爱老婆雪。最初时,建说:"先救儿子。"这是建的真心话。雪听了便气鼓鼓地不作声,只用一张冷冰冰的屁股贴着建。看到老婆不高兴,建也有点儿难过。后来,当雪又问这个问题时,建便说:"先救老婆!"这也是建的真心话。老婆听后果然开心极了,便主动找建亲热。雪了解建,建不会撒谎,也撒不来谎。

去年夏季的一天,那是个骄阳似火的日子,建在屋里乘凉,雪带五岁的儿子去河边洗澡。本来,河边的沙滩,水及小腿,小孩也淹不到。哪知,上游突然一个大浪涌来,母子俩还来不及反应便被卷进了河中央。

听到雪的呼救声,建飞一般地跑了出来。看到老婆和儿子都在河中没命地搅水,建纵身跳进河里,首先就朝老婆雪游了过去。建抓住了雪的胳膊。"别管我,快去救东东!"雪拼命地叫着,边说边要挣脱建的手。建没理会,他知道雪不会游泳,况且儿子东东在离雪一丈多远的地方。建用力将雪往岸边拉,雪就是不配合:"快去,快去救东东,再不放手我就喝水了!"雪果然大口大口往嘴里喝水。看到老婆雪喝水喝得厉害,建只好放手去救儿子东东……

儿子很快得救了,然后建又将老婆雪也救上岸了。可雪却在送进医院后不久就死了。医生说,雪水喝得太多,水寒不说而且

带有少量毒物,要是她在河里闭着嘴巴不喝水是不会死的。

老婆雪死了,建非常悲痛,悲痛之余又生出些怨怪。平时口口声声说要我先救她,为啥到那时就不要我那么做呢?要是她自己不张开嘴巴主动喝水,又怎么……唉,要是自己先去救儿子,雪也不会去喝水,也不至于……怨来怨去,建最后搞不清该怪谁。

只是有一点始终令他不解:雪为什么会那样?

后来,有人告诉建:喜欢听男人说好听的话,但并不一定真要你照那样去做,尤其是当她面对的是自己子女的时候,这就是女人。雪是女人,她当然会这样。

听了这话,建才恍然有所悟:"原来雪……"

谁的错

歪局长一走出检察院大门,心头便似一块石头落了地,一下子轻松了。

哼,这下好了,我再不会来这鬼地方了。

轻松是轻松了,可歪局长随之又气得咬牙切齿。这是他第九次从里面出来。想起检察官们那咄咄逼人的目光和问话,歪局长就气不打一处来。我当了十几年局长咋遭过这等晦气?

不,这能怪检察院吗?那些举报信谁看了又能不信呢?时间细致到某分某秒,地点具体到第几桌第几号,金额精确到第几位小数点。只是那些事儿都过去好几年了,人物如今也天各一方,有的甚至已成了鬼了。谅检察院那帮吃干饭的也弄不出个子丑寅卯来。

怪只怪那些想整我的人。想赶我下台？哼,我一旦查出来是谁,非让他下十八层地狱不可。歪局长狠狠地握紧了拳头,不过很快又松开了。好在那些人还不知那女人的事儿。

要是把这事儿也牵进去,我怕是再也出不来了。歪局长又大大地吐了一口气。

想起那女人,歪局长不禁有些负疚。已三个月没见她了。为避风头,唉,也是没办法。

哦,想起来了。三个月前,那天,当他坐在办公室正回味着头晚与那女人缠绵的情景时,副局长推门进来,拿几份文件让他签字,他随意瞟了一眼就签了,什么内容他至今也不知道。噢,现在想来,其中有份好像就是那封打印的举报信。难怪检察院说是我签了字的。

我差点儿就栽在那份信上了。

那人早觊觎着我这位子了,可他也太阴狠了。

猛一抬头,歪局长才发觉自己竟来到了那个熟悉的地方。对呀,我现在是该放松放松了。

一进门,女人吓了一跳,怔怔地盯着他,仿佛不认识一般。

"我是老歪呀!"

女人猛一下扑倒在歪局长怀里,嘤嘤地哭了起来:"我以为你再也出不来了呢!"

"别哭,我们再不分开了。"歪局长心疼地抚摸着女人的头。

"真的?"

"真的,"歪局长抱紧女人,"哼,我是什么人!"

"我刚才跟检察院打了电话,说了我俩的事儿,我说全是我一个人的罪。"女人讨好地说。

"什么都说了？"

"都说了，怎么啦？"

"啊……你……"歪局长猛地推开女人，"我明天又要进去了。"说完，歪局长一下子瘫倒在地上。

美丽的春光

他是一个小学教师。

那天，小李专门去拜访他。一进屋，小李便四处打量他的家。

"老师，您还是那么清贫。"小李说。

"不，"他回答道，"小李，我是比上不足，比下还有余的。比起如今那些夫妻双双下岗靠领低保金过日子的家庭好多了。"

接下来，小李没有继续这个话题，却慢慢回忆起了自己昔日的经历。当然，对于这些他是很清楚的。

那一年，小李小学毕业后，异常贫困的家无力再供小李上初中了。作为小李的班主任的他得知这一情况后，便决定资助小李至少完成初中学业，因为小李是他班里成绩最好的学生。

可小李那长年瘫痪在床的父亲说："老师啊，我知道您的好心，可我们家又拿什么来还您呢？"

"不用还呀。"

"老师您又教知识，又要出钱，那更不行的。"

"那就让小李工作以后还我吧。"其实，这句话他是随口说出来的。

好说歹说,总算做通了小李父亲的工作。

初中毕业后,小李以优异的成绩考上了省属重点中专,后又被分配到省城一家企业工作。

这是十五年前的事儿了,如今小李已是省内有名的企业家了。

"要不是老师您,我哪有今天啊。"说着,已三十多岁的男子汉小李眼里闪出了晶莹的泪花,"老师,我知道您离不开您那热爱了十几年的讲台,不然,我一定让您到我公司去当顾问。"小李说着突然变魔术般拿出两沓崭新的钞票来,"老师,这两万元就算我还给您的那几年对我经济上的资助吧,我知道光是还钱是无以报答您的恩情的。"

"你以为我会要你的钱吗?"他直直地盯着他的学生小李。

"哦,老师,我知道您会这么说,可这就算我对您的一点儿报答吧。滴水之恩当涌泉相报,这可是您曾教我的啊!"

看到小李和小李父亲一样固执,他说:"小李,让我给你讲一个故事吧,那是一个真实的故事。"

那是国家刚恢复高考的那一年,有一个年近三十的山区青年,父母双双遭意外而丧命。当那青年含着巨大的悲伤料理了双亲的后事后,家已成了真正的四壁皆空——室无余粮,身无分文。而正当他万念俱灰走投无路时,他昔日的高中老师突然来到了他家,要他去参加高考。老师知道他高中时成绩很好,头脑聪明,得知高考的消息后,专程来通知他。"老师,您看我现在这个样子还考什么呀?"看到学生的家境,满头白发的老师鼻头一阵发酸,流着眼泪回去了。谁知,第二天,老师又来了,老师二话没说,便塞给他十元钱和五斤粮票,还是要他去参加考试。

果然,那青年以优异的成绩上了重点大学。然而,当他带着录取通知书去给老师报喜时，看到的却是埋葬老师的一堆黄土。师母说，老师先前一直咳嗽，两个月前咳得更厉害了。他拿上家里仅有的十元钱去医院查病，却将钱弄丢了，回来没几天就咯血而死。

听了这话，那青年伏在老师的坟头哭啊哭啊，哭得天昏地暗，比当初他父母去世还哭得悲伤。他知道，老师要是有了那十元钱，又怎么会匆匆而去呢？那十元钱可相当于老师半个月的工资，更是老师的救命钱啊。

后来，那青年重点大学毕业后，本可以进中央和国家机关，可他硬是执意回到了家乡，而且甘愿当一名小学教师。

"哦，小李，你知道那个青年是谁吗？他就是我……"此时的他已是老泪纵横、泣不成声了。

"老师，我明白了。"小李默默地收起了那两沓钞票，"老师，谢谢您又给我上了一课。相信我一定不会让您失望的……"

不久，小李为家乡捐了五十万元，新修了一所学校，并决定每年出资两万元资助家乡考上大学的贫困学生上学。

当他从县报上看到这则消息后，一片美丽的春光倏然展现在他眼前。

儿时的朋友

文和金同年同月出生在同一个村子。

文和金从穿开裆裤时就在一起玩。与别的小孩子一样，文和金虽然时不时闹别扭，甚至相互之间为争好吃的、好玩的打得头破血流，但过不了一会儿就会自动和好如初。用大人们的话说，他俩是穿了连裆裤的一对。

到了上学的年龄，文和金进了同一个班。文和金天天一同上学，一同回家，一同读书听课。

可是，文常常考班里的第一名，金却包揽全班倒数第一。于是，文便是老师、同学及村里大人们夸奖的对象，金则成了人见人瘪嘴巴的角色。

好在文和金两人并没意识到什么，整个小学阶段，文和金差不多每天都形影不离，好得像一个人似的。

到了初中，文考试仍稳拔班里头筹，金仍包揽倒数第一。文仍是所有人翘大拇指的对象，金仍为大人们所不屑。

不同的是，这时的文在金面前不自觉地滋生出一种天鹅般的神气，金面对文时也有了一种丑小鸭似的自卑。

首先是金开始有意疏远文，上学、回家常借故不再与文同行；文表面上还当金是朋友，暗地里却同别人一样瞧不起金。老师早就对文说过，好学生不应与金混在一起。既然金不愿与自己为伴，文当然求之不得。

初中毕业后，文上了高中继续他的学业，金只好回到村里被父母押着"修地球"。

文高中毕业后，考上了大学。文上大学那年，金在乡场上做起了地摊生意。

文大学毕业后当了一名中学教师；与此同时，金在县城自办了一家公司。文的手下是50个半大不小的中学生，男生女生常弄得文胸闷气短；金的手下是50个打工的员工，男女员工对金俯首帖耳唯命是从。文每月工资400元；金每月收入超过

40000元。

文油然生出一种"天生我材没有用"的落魄之感。

有那么一天,文所在的中学校门口贴出了一张招聘启事。启事上赫然印着:本公司聘总经理助理一名,月薪4000元,并负责终身养老保险。条件是大学本科毕业,文字功底好。

文是中文系本科生,且常有"豆腐块"在报刊上补白。文因此而成了这所中学小有名气的才子。

明知应聘者一定甚众,文仍毫不犹豫地报名应聘。文实在经不住那"4000元"的诱惑。在经过一系列的过关斩将后,文终于成了上百名应聘者中唯一的幸运者。

文觉得命运之神好像终于对他露出了微笑。

文接到录取通知书那天便向学校交了一份辞职报告。文早已觉得他的事业绝不在三尺讲台上。

作为总经理助理,上任第一天,文当然要去见总经理,也就是这家公司的老板。当文怀着忐忑不安的心情走进那宽敞的总经理室的时候,文一下子惊愕不已。

"是你?!"文万万没想到那豪华的老板椅上坐着的是金。

"奇怪吗?"金语气中带着明显的傲气。

"是……哦,不……"文的脑子一下子竟转不过弯来。

"坐吧,文,我们可从小就是朋友,对吗?"金露出一脸的讥讽。

"是……啊,"文不知该如何作答,赶紧转了话题,"哦,金,不……总经理,我该干些什么?"

"我也不知道啊!"悠然自得的金乜斜着一脸窘相的文。

"我不是总经理助理吗?"文奇怪地盯着高高在上的金。

"我们公司可早就有总经理助理了啊!"

"我可是你们公司专门招聘的总经理助理啊！如今我职也辞了,你总不是故意捉弄人吧?"文心里有些气愤。

"我知道,我都知道。文,你不要激动,我金不会言而无信的,你该得到的都会得到……"

从此,文成了金公司里一名特殊的员工。每天按时上下班,但从没什么正事可做。

只是在金回老家时,文得寸步不离地跟随左右,为金做一些端茶递水、洗脚洗衣服之类的事儿。

有人不满,提出异议,金说,只有文才是我儿时的朋友啊。

有关责任问题的问题

医　生

一腹部中箭的患者找外科医生治伤,外科医生查看情况后,当机立断拿出一把硕大的剪刀,咔嚓一声,箭杆贴着患者腹部被剪断:"好,你可以走了。"

"医生,这……这里面还有箭头呀!"患者指着陷在肉里的箭头,大为惊讶地望着外科医生。

"我知道,你去找内科医生吧。"

补锅匠

一老者将一铁锅送到补锅处让给补一条漏缝,补锅匠二话没

说,拿起一把锤子叮叮咚咚敲了一阵,那仅有的一条漏缝一下子变成了个大窟窿:"老大爷,你看,你这锅这一部分都是朽烂的,好在你送来得及时。"

"师傅,就拜托你多补几下了,加多少钱我给就是了。"老者对补锅匠真是万分感激。

投 篮

一场篮球赛正在进行。

后卫甲将球传给中锋,中锋又将球传给前锋甲,前锋甲又传给前锋乙,前锋乙眼看中锋和后位乙也在前场,便将球传给中锋……传了几个循环,谁也没投篮,球却被对方夺去了。

对方投中两分。后卫甲又将球发给中锋,中锋见前锋甲站在篮下空位,一下将球传给前锋甲。前锋甲没投篮便倒给前锋乙,前锋乙见中锋已到前场,便传给了中锋……如此传来传去,又没谁投篮,球又被对方抢去了。

终场,他们以 0 比 100 输给对方。

查找输球原因时,教练先是责怪前锋不投篮,前锋反驳说,中锋和后位也到了前场,为啥不投……教练最后说,不管是前锋、中锋还是后卫,只要有投篮机会都不该放弃。

找来找去,五个队员都有责任,只好不了了之。

保　佑

清明节那天的事儿村民们至今也没弄明白。

那天,阳光明媚,春风荡漾,天空笑得灿烂,大地也乐开了花。突然,一阵呜呜的警报声惊天动地在响起。刚吃过早饭的村民纷纷走出屋门,看见三辆小车正向村里开来,前面两辆车的车顶上红灯闪闪烁烁。

村里哪个又犯事了?

这种热闹,村民们从不放过,便一窝蜂朝村头拥去。

三辆小车在村口停下,村民们发现前面两辆车一辆写着"法院",另一辆写着"公安"。最后则是一辆明显要长一些的乌黑乌黑的"乌龟壳",只是那上面歪歪扭扭的外国字村民们认不得。

过了一会儿,前面两辆车车门一开,各走下来两个身穿制服、头戴大圆帽的人。那穿的和戴的虽有些不同,但看起来都威风凛凛。只是没见手枪和手铐,村民稍有点儿失望。那四个人一下车便向后面那辆"乌龟壳"走去,其中一个拉开车门,将一只手搁在车门上方,弓着腰叫道:"请李市长下车!"其他几个也都把背弓着,齐声道:"李市长辛苦了。"过了一会儿,只见一个又矮又胖的身穿西服、打着领带的人不慌不忙地从车里钻出来。

"啊,那不是王滚龙吗?怎么改姓李了?"围观的人群中不知是谁嚷了一句。这一嚷使鸦雀无声的围观人群一下热闹起来了。

"嗬,真是呢!"

"前年有人给他娘和老汉修坟时,说他在外面当了大官,大家都以为是吹牛哩,没想是真的呀。听听,还是市长哩!"

"你那时经常喊人家滚龙呃,你怕了吧?谁让你早年光欺负他呀。"

"我倒不怕,儿时的事,他王滚龙不会计较吧?"

"还叫王滚龙呀,该叫王成龙,不然王滚龙听到怕要割你舌头呢。"

"你不也叫王滚龙吗?"

"哎呀,我这死脑壳,说着说着就不跟路。"那人说完打了自己两个嘴巴。

……

正在村民们叽叽喳喳议论不休的时候,只见那胖子扯开嗓门儿对村民们讲起话来:"乡亲们,想必大家还认得我李成龙。哦,对了,我现在改随母姓,叫李成龙。我的祖辈生活在这里,我也是在这里成长的。虽然从我父母去世后,这里再没亲人了,但我今天还是回来了。我要讲的是,我父母和我曾受到一些乡亲的帮助和支持,也曾受到某些人的欺负,恩恩怨怨我李成龙都记得清清楚楚。"胖子有意停顿了一下,看了看人群,"今天我李成龙市长,带着随从回来,一则祭拜祖先,一则也想瞧瞧当年与我们家有关的人。"

说到这里,胖子又顿了一下:"这样吧,我先去拜祭祖先,之后再来与大家聊!"

说完,胖子手一挥,四个穿制服的人便赶紧从车里提下几个大包来,其中一个还抱着一大捆钱。

"哇,那么多钱啊!"围观人群又是一阵骚动。

见胖子王成龙(请让我用"王成龙"称之)一行人提着大包小

包东西和一大捆钱朝村旁边那座贴满了白色瓷砖、又高又大的坟走去,村民便大感不解。村民们知道那是王成龙父母的坟,原先不过一个土堆堆,前年不知是些什么人来给修成了洋坟,比村里谁家的房子都气派。

祭拜也不用那么多东西呀,好奇心驱使村民们又都跟了去。只是以前得罪过王家的村民被王成龙的话吓住了,早就悄悄地离开人群走了。

看热闹的人们走过去就看见坟前摆满了各种家具和家用电器。那捆钱也拆散了,有十万的,有百万的,还有村民们没见过的钱,上面也印着歪歪扭扭的外国字,仔细一看,那些钱比平时用的钱要大许多。此外还有各式各样的衣裤鞋袜。只见王成龙用打火机一点,那些东西便呼呼燃烧了起来。

"原来那些都是冒牌货呀!"村民们这才惊讶地发现那些东西全都是纸做的。

王成龙一一点燃后便双腿跪地,两手合十,嘴里念念有词。村民只听得"保佑……保佑……保佑……"至于保佑些什么,便听不真切了。

正当王成龙聚精会神"保佑"的时候,村头突然又"呜——呜——"开来一辆警报面包车,而且径直开到了坟前。村民们一看,车上仍写有"公安"两个大字。

"王滚龙真威风啊!"村民们惊叹道。

只见又是四个穿制服的人,一下车便迅速来到王成龙背后:"李成龙,不,该叫你王成龙了吧!王成龙,你涉嫌诈骗,被捕了。"王成龙大吃一惊,回过头来才发现了新情况。

很快,一副锃亮的手铐咔嚓一声戴到了胖子王成龙的手上。

咋回事儿?村民们迷惑不解。

糖的滋味

那时的我特别爱吃零食。大学毕业后等待分配工作那段时间,我大都以吃零食来打发无聊的日子。

那天,我从街上提着一袋饼干边走边吃,优哉游哉地往家走。走到家门口,正要掏钥匙开门,隔壁的小女孩丽丽不知从什么地方突然冒了出来:"大哥哥,你吃的什么呀?"我一惊,便看见丽丽那双小眼睛直勾勾地望着我。我知道,她问那句话其实是表示很想吃。

"哦,没,没吃什么,哥哥肚子疼,吃药呢。"我赶紧将手里的饼干藏到身后去。

也是,好多次,当我买回零食时,丽丽都会突然蹿到我的面前来,我也不知道她是怎么跟踪我的。开始一两次我还分给她一点点,可次数多了,我就烦起她来了。

"不,大哥哥,你骗人,你吃的是饼干,你嘴巴上还有饼干呢。"我一惊,慌忙用手一摸,果然满嘴巴都是饼干渣。我的脸有点儿挂不住了,可马上就由不好意思转为恼怒了。我不由得对她大声吼道:"滚开!"随之将门哐啷一声给关上了。

这件小事本来就要从我的记忆里抹掉了,谁知,有一天,我到丽丽家去向她爷爷借个东西的时候,发现丽丽正守着一盒糖果在吃。丽丽见了我,又是叫又是拽地招呼我:"大哥哥,快来吃糖,这是我妈妈从广东寄回来的,可好吃了!"边说还边抓一把糖果往我手里塞。

"大哥哥不吃。"我连忙推辞道。

其实,我心里明白,嘴馋的我见了糖哪有不想吃的。只是我知道,丽丽家穷,丽丽爸妈下岗后没有办法才双双南下广东打工。平常,丽丽爷爷从不给丽丽买零食,丽丽是很难吃到一回糖的。当然,此时的我主要还是碍于丽丽爷爷:一个二十岁的大男人实在是不好意思去吃小孩子的东西,尤其是当着人家大人的面。

见我推辞,丽丽爷爷连忙附和道:"哥哥是大人,他不吃糖的,丽丽你就不要缠着大哥哥了,大哥哥还有事儿哩。"但我看得出来,丽丽爷爷分明是不愿丽丽把那盒来之不易的糖果分给别人吃。

"不,爷爷,大哥哥最喜欢吃糖了,那次他还分给我吃了一颗哩!"丽丽跟爷爷辩解道。

在我的记忆里,分糖给丽丽吃至少是好几个月以前的事儿了,不是丽丽提起我根本就不记得了。丽丽的话突然让我想起来了,那是我刚从大学里回来的时候,我顺便买回了许多的糖果、糕点和水果,回到家我便将它们统统码在桌上叫父母吃,父母不吃,我就一个人在那里慢慢享用。一会儿丽丽进来了,见她那眼巴巴的样子,我便随手捡了一颗最硬的糖给她,叫她拿回去再吃,意思是让她大人知道是我给的,同时也是为了把她打发走。

听了丽丽带着童音的话语,我的脸不由得微微地发起烧来。

丽丽爷爷似乎也有点儿尴尬,忙改口对我说道:"丽丽给你,那你就接着吧!"

为了不拂丽丽的好意,我接过丽丽手里的糖,便慌忙离开了丽丽家。

后来,我嚼着那糖果,不知为什么,感觉出的不仅仅是甜味,

好像还有一种我也说不出的什么滋味在里面。这滋味从嘴里慢慢地渗入我的心里。

这滋味悠长、悠长，一直伴着我到今天……

同　名

余明乃一所乡下中学的副校长。正值酷热难当的高考时节，学生们紧张得头冒虚汗，余明则忙得如火烧眉毛。

恰在这时，余明的父亲病重，须立马到县医院住院。不能分身的余明只好托弟弟送父亲去医院。

哪知，弟弟一到医院就打电话来说，院方拒绝父亲入院，理由是医院床位已满。弟弟特别强调说，父亲就快坚持不住了，要余明赶快想办法。余明急得团团转。

万般无奈之际，来不及想行不行，余明抓起电话便向院长求情。

"某院长，我是余明，我父亲余××病重，到你们医院住院，医生说床位已满，能不能求您给关照一下？我因工作忙不能来打理，过一阵一定亲自登门致谢！"

"余校（县）长啊，您怎么不早通知我？我一定马上给您父亲安排最好的病房和最好的医生。我知道您工作忙，这里一切由我负责，请您一定放心！"

"那就谢谢了！"余明根本没想到某院长会爽快答应，而且语气竟那般客气，称呼"您"而不是"你"。他可是与某院长素不相识的啊。

某院长竟这么看得起我这个穷教书的,看来教师的地位确实不可与往昔同日而语了。

果然,当天下午弟弟第二次来电话,说父亲已住进了县医院最好的单人病房,医院还给父亲安排了二十四小时的特别护理,请哥哥放心。

接过电话,余明就特别激动。余明想,等忙过这阵子后一定亲自给县医院和某院长送上感谢信,代表他,也代表广大的教师们。

谁知,没等余明送上感谢信,父亲便病愈出院了。

那天,父亲是被一辆崭新的豪华桑塔纳送回家里的,陪父亲一道回来的还有一位西装革履、大腹便便的中年人。经父亲和弟弟介绍,余明才知他就是县医院的某院长。

"没想到,没想到,我余明真是太感谢了!"紧紧握着某院长的手,余明激动得简直就要流泪了。

"你就是余明?你不是余县长?"

"我是这学校的余副校长。"说着余明就要展示他早已用鲜红的大纸写好的感谢信。

"你……你……哦,余校长,余县长,去……去……去……"某院长狠狠地跺了一脚,"唉,我真混蛋。"

某院长自言自语地说完,突然转身对车里的司机大声吼道:"调头!"然后头也不回地钻进车里走了。

余明久久地怔在那里,不知是怎么回事……

拜错山头

据说,我们家族历史上没出过一个做官的,哪怕芝麻丁点儿大的小官也没有。见我从小学到高中书都读得不错,家里人便为我设计了一条光明大道:上大学—进机关—混个一官半职—出人头地,光宗耀祖。

在父母的教育下,我自小便树立了远大的理想——从政,至少也要当到处长一级。

高中毕业后,命运偏偏让我进了一所师范大学。

压根儿就没想过教书的我进大学后,压根儿就没想过学好什么专业知识,整天仍紧抱着仕途梦到省城各大图书馆钻研行政管理方面的书籍。应该说,我自己学来的知识比我在师大该学的知识多得多。

也算是功夫不负苦心人,师大勉强毕业后,凭刻苦自学得来的丰富的官场知识,我终于谋得了一份机关里的工作。虽不可能一开始就当官,但进了机关离当官也只是一步之遥的事。父母便为我高兴,我也为自己的选择和能力自豪。

那天,我怀揣着在师大时所取得的所有证书到机关报道。

在我满怀憧憬地走进那气派、堂皇的局机关大门的那一刻,我顿时信心百倍,我想,不久后的一天,我也许就是这里真正的主人。

来到办公室,我首先将那一大摞证书像倒豌豆似的稀里哗啦地从挎包里倒在办公室孙主任的桌上，本想让孙主任见识见识、夸奖夸奖，孙主任却说，你收起来吧，我知道你是大学里的高才生，我们非常欢迎，我们局就需要你这样的人才。

的确，在20世纪80年代，机关里没几个像样的大学生，我虽然主要是靠作弊才毕业的，但我毕竟有一张如假包换的大学文凭。听了孙主任的话，我便真觉得自己是这局里未来的希望了。最后，主任又说，我们黄局长是一个非常爱才的领导，你只要跟他好好干，一定前途不可限量。

凭我自己学来的知识，从孙主任的话中，我明白了他与黄局长是一条线上的；而我早知道黄局长乃这机关真正的当家人。因此从孙主任办公室出来后，我又径直去了黄局长的办公室。黄局长拍拍我的肩膀说："年轻人，好好干！"就凭这一拍，我便决定紧跟黄局长好好干一番事业。

我想，只要跟定黄局长和孙主任，我仕途梦的实现肯定指日可待。

当晚，在黄局长的授意下，局里为我举行了一个迎新聚餐会。局长和几个副局长以及孙主任都参加了。

晚宴上，在黄局长之后，我成了第二号主角。我感觉很荣幸，也有些飘飘然。当几个副局长都争着与我喝酒时，我都爱理不理，我将目光一直斜到黄局长和孙主任一边，抢着跟他们搭讪、喝酒。见黄局长很热乎，尽管几个副局长也跟着奉承我，虽然那些话里带着言不由衷的成分。

几个自觉没趣的副局长早早离开了，最后只剩下黄局长、孙主任和我三个人。我趁机在他们面前大表了我的忠心、决心和信心。醉眼蒙眬的他们俩对我的表现也极为满意。

趁热打铁，第二天我就开始起草入党申请书，第三天就将申请书交给了兼党组书记的黄局长。

半个月后,我被局党组吸收为预备党员。

正在我满以为为官不远的时候,大概是我到机关两个月后的一天,黄局长突然被宣布"下课",说是查出了什么经济问题,办公室孙主任也受牵连一起进去了。

初听这消息,我的第一念头就是想自己一开始就拜错了山头。幸好我准备送给黄局长的五千元还未完全到位,还未来得及送去。

紧接着是第一副局长扶正。我的结果可想而知。

半年后,新局长说,我是师大毕业的,为了人尽其用,发挥我的专长,让我到下属企业的子弟学校当老师。

至此,我的官梦彻底破灭了。

拾垃圾的富翁

他,姓张,我们姑且叫他张老头。张老头原本是一个普普通通的老农民,靠着自己没日没夜地死打硬拼成了百万富翁。张老头有三个儿子,大儿子和二儿子靠着父辈辛劳挣来的财富享受和挥霍。大儿子上高中时开始吸毒,被学校开除后又搞起了买卖毒品的勾当,后年纪轻轻便永远走上了不归路;二儿子上初中时因痴迷于赌博,也被学校开除,后又在赌桌上捅了人家一刀,被公安机关抓住后,虽没像大儿子一样被枪毙,但判了五年徒刑。

两个儿子一死一进监狱,张老头痛不欲生,见人就痛哭流涕地说:"都是钱造的孽呀!"还能让张老头活下去的唯一希望是他的小儿子。那时,小儿子还小,小学即将毕业。

虽然小儿子目前在学校的成绩和表现都不错,但谁能保证他以后不会与他的两个哥哥一样呢?为此张老头忧心忡忡。

吸取了前两个儿子的教训,为了小儿子的前途和未来,张老头与妻子商议了好长一段时间,最终做出了一个大胆的决定。

小儿子考上重点中学的那天,张老头对小儿子说:"我们家虽然曾经很富有,但却被你两个哥哥挥霍光了,爹连做生意的本钱也没有了。为了给你筹措学费和生活费,爹从现在起只好去捡垃圾卖钱。听说你上的那所中学有好几千人,每天都要丢许多东西,我也可能要去你们学校去捡,到时,你看到我只当不认识就得了,爹不会让你在同学面前失面子的。"

果然,小儿子从上中学第一天起,便看到父亲穿着破烂的衣服,背着一个竹筐在校园内那排垃圾堆里不停地翻翻捡捡。当然,小儿子每次都是在离父亲远远的或者不易被发现的地方静静地观望着。每当此时,小儿子心里都会涌上一种说不清的滋味,尤其是在那烈日炎炎的夏天,当站在阴凉处的他都汗水直流,而父亲仍在那堆臭气熏人的垃圾堆旁忙碌的时候,小儿子的眼里就会涌出斑斑的泪花来。每当此时,小儿子心中都会激起对两个不争气的哥哥的愤恨,同时也激起自己刻苦奋发的斗志。他暗暗发誓:一定要努力学习,考上名牌大学,重振这个衰败的家,要让父母在晚年过上幸福的生活。

小儿子在这所重点中学读了六年书,父亲也在这校园里捡了整整六年的垃圾。小儿子没有辜负父亲的期望,初、高中学习成绩都在全校名列前茅,每年不是被评为"三好学生"就是被评为"优秀学生干部"。高中毕业后,小儿子被保送清华大学。

在小儿子得到清华大学录取通知书的那天,家里突然一下子大变样了,以前那些豪华家具及高档电器又闪着亮被摆在了每间房里,父亲也恢复了几年前西装革履的绅士模样。见小儿子吃惊的样子,母亲才对他说:"两个哥哥虽然挥霍了不少钱,但家里更多的钱还存在银行里,我和你爹害怕你知道家里有钱后又像你两哥哥那样不走正路才这样做的。捡垃圾也是你爹专门设的计,孩子,你能理解爹妈的苦心吗?"

听了这话,小儿子早已泪流满面了,已成人的他岂能不理解二老的用心良苦呢?

如今,张老头常在人前感慨万分地说:"要是没有前两个儿子的教训,小儿子也可能不会有今天。"

是的,张老头的小儿子就是我的一个学生。

纯属意外

王老师只知道自己得了肺炎,医生说要住院两个月。

在学校里,王老师不仅对工作兢兢业业,任劳任怨,而且能力强,年年担任高中毕业班语文教师兼班主任,这些都是全校教职工有目共睹的。

令人奇怪的是,王老师从来没被评过先进劳模什么的。为此,教职工中颇有一些议论。好在王老师并不在乎这些。

王老师在乎的只有一个:退休前一定要入党。这是他父亲临终前对他的唯一要求,也是王老师父亲临终时唯一的遗憾:自己教了一辈子书都没能入党。

十年前,王老师便开始写入党申请书,年年写,一年少则写一次,多则写两次、三次,可王老师至今仍在接受党的考验。

看到那些党员有的其实并不怎么样,王老师心里便有些不服气:为啥我就入不了党?想来想去,便对学校兼党支部书记的张校长有点儿耿耿于怀。

张校长的父亲老张校长因自己父亲的举报而晚节不保,坐了一年牢。张校长能不报复吗?

不过王老师仍然乐观地坚信:只要自己始终如一地坚持对党的一片忠心,总有一天会达成夙愿的。更何况张校长还有一年就该退了。

这不,此时的王老师又正支着病体,在医院的病床上忙起了他的第十五份入党申请书的起草。

哪知,正当王老师写得激情高涨时,张校长突然闯进了他的病房。张校长首先就给王老师宣告了一个好消息:上级党组织讨论研究后,批准了王老师的入党申请。

十年的愿望,终于实现了,王老师不禁激动得泪流满面,当即就唱起了"党啊,我亲爱的妈妈"。见王老师那样子,张校长随便说了几句好好养病之类的话,便赶紧离开了病房。

没过几天,同事们又带来了一个好消息:今年全校唯一的省先进名额,评给了王老师。张校长在大会上说,王老师为工作都累成那样了,这先进当然非他莫属。

原来张校长并不是自己想象的那种人啊,真是惭愧呀惭愧。难怪自己一直不够入党条件。

两个月过去后,王老师又做了一次 CT 检查。

检查结果显示,王老师的肺病已经痊愈。

这时，王老师老婆却突然提出要与医院打官司。王老师为此感到莫名其妙。

原来，两个月前，医院诊断王老师得了肺癌，并断定王老师至多还能活两个月。这消息当然不能让王老师知道，王老师老婆只告诉过王老师单位的领导张校长。

两个月来，老婆尽管在王老师面前装出一副无所谓的态度，可心里不知承受了多大的压力，一个人背地里不知哭过多少次。现在复查才知道当初医院误诊了。

王老师老婆要求院方赔偿她两个月来的精神损失。

听了老婆的述说，王老师这才大吃一惊："原来……原来，这两个月里发生的事……纯属意外！"

"这官司……"

正当王老师两口子为要不要打这场官司犹豫不决时，哪知学校却率先将医院告上了法庭，起诉理由是：医院的误诊影响了学校的正常工作。

补　课

按照学校规定，高一年级是不补课的，但第一学期期中考试后，班主任、数学老师杨老师突然宣布，从本周起，凡愿意的，周末到他家补课，每周每人缴5元补课费，并让数学课代表登记收钱。

刚开始的时候我没有参加补课，倒不是不想缴钱，因为我数学成绩不错，进高中后第一学期期中考试，我的数学成绩名列全班第 2 名,我想我用不着补习;再说我爱好写作,在此之前,我周末一直跟着文化馆一位搞创作的老师学写作。当然,班里也还有一些因各种原因没有参加补课的同学。

后来,班主任便多次在课堂上说:有些同学本来数学成绩就差,还不愿补课,这样下去怎么考大学?还有的自以为数学成绩不错,也不参加补习,我看他的成绩能不能保持下去……

那意思非常明白,就是批评不参加补习的学生。但我却把老师的话当耳边风,依然我行我素不参加周末数学补习。

谁知,期末考试时,我的数学成绩只有 69 分,在班里名列第 32 名,一下子下降了 30 名。以前比我差得多的同学都比我考得好。在我的感觉中,那次数学考试试题非常之难,我尽了最大努力才考出那样的成绩。除了没参加周末补习,我平时学习一点儿也没懈怠啊!

我非常吃惊,吃惊的不是自己的分数,而是其他同学大多都超过了我。到这时,我不得不相信周末补习的重要性了。我是一个要强的学生,为此,我不得不中止我的周末写作训练,去班主任老师家补数学。

对此,杨老师表扬我说:"你终于醒悟了?好在现在还不算太晚……"

这一补我才发觉收获确实很大,杨老师平时上课主要就是讲公式和定理等理论的东西,顶多把书上例题再讲一遍,而补习时却全是讲一些重、难点题。到第二学期期中考试时,数学试卷一发下来我就惊奇地发现,试卷上的题与老师在周末补习时讲过的题一模一样。

原来我们的杨老师还是学校的数学教研组长,每次考试的数学题都是他出的。

我突然明白了上学期期末考试我的数学成绩一下子下降那么多的原因了。

哭泣的头发

一

头发越来越长,快及腰了。头发长了,便凌乱不堪。偶尔拽过来一看,纤细的发梢上又分出了一根,像是被谁硬生生劈成两半。

"你看你头发都分叉了,还舍不得剪掉?"好友阳阳摸着我的头发说。

为啥还舍不得剪掉?

只有我自己明白,就因为一年前阿东的那句话:"我喜欢长发飘飘的女孩。"

"真真啊,你不是一直说喜欢短发吗?你看你的头发像什么呀?"阳阳不止一次在我耳边唠叨。

我昏了头又怎么样?阳阳你又怎会明白呢?你知道我对阿东的爱吗?

"哦,阿东!对不起,这些日子,我一直浸泡在书本中、题海中,忙得都没工夫涂红线了。为了我们的爱,我不得不暂时失去自我。"我喃喃自语道。此时,我的回忆再一次抚过阿东那帅气的眉毛、坚挺的鼻子和温热的手指……

二

阿东如愿以偿地考上北京的那所著名大学,我是多么兴奋和激动啊!

阿东临走时,我掰着手指一根一根地数:第一,不穿红背心;第二,不吃方便面;第三,球场上要特别小心;第四,……

"好了,真真小姐,你的'三大纪律八项注意'我早就烂熟于心了。其实,你最想说的是'要天天想你,不准见异思迁'对吧?"

"算你聪明!"

那一刻,我除了离别的惆怅,胸中还充盈着多大的幸福啊!

从此,在地图上涂红线成了我每晚睡觉前的必修课。我清楚地记得,从北京到小城我用笔,不,用心已走过了二百零八遍……

"真真,加油吧,一年过后,我们一定要在北京见面!"

"相信我,一定能!"

"……"

白天,信件,哦,我们的爱,在首都北京和这个偏远的小城上空飘来飘去。有一次,阿东在信中写了一串号码,只是我从未拨过。我是个不喜欢打电话的人,和人通电话,我管不住我嘻嘻哈哈的性格,而那显得太随意了,我不能对阿东那样。我要用笔尖一字一字地传达,每一个字都是我心的一瓣。

谁说过,距离是一堵墙,爱却可以穿墙而过。不,我们的爱可以穿越万水千山……

三

那天不知为什么,我莫名地产生了强烈的冲动。走到公用电话前,我情不自禁地按下了那串陌生的阿拉伯数字。

"喂,你认识阿东吗?请你找一下他好吗?"

"阿东是我同学,我当然认识!"一个男孩子的声音。

"请你找他一下好吗?"我重复了一遍。

"阿东他不在,哦,你是林芳吧,阿东不是去你那儿了吗?"

"林芳,谁是林芳?"我迷惑了。

"阿东女朋友啊,难道你……"

我的心在下沉,下沉……

"阿芳,阿芳——"我大声吼道,脑子里嗡嗡一片,突然发觉手里还握着话筒。像握着定时炸弹似的,我赶紧甩掉话筒,发疯一样跑走。

回到寝室,只有阳阳一人在听音乐,我一下子扑在阳阳怀里抽泣起来,录音机里金海星在一遍一遍地唱:"我知道我也可以忘我也可以放,自己要为自己着想,受了伤……"

哭累了,我才喃喃地说:"阳阳,阿东……林芳……阿东……林芳……"

阳阳叹了口气:"真真,你看你的头发都……你真的不适合蓄长发!"

"我的头发……它……在哭泣!"泪又掉了下来。

我咬咬嘴唇,立起身来,郑重地对阳阳说:"帮我剪掉吧!"

被学生"骗"了

说良心话,每当我接手一届新生的时候,我对任何一个学生都不会偏心,可到一定的时候,学生们参差不齐的发展总让我不知不觉地对他们滋生了或宠爱或嫌弃的不同感情。

我们学校是重点中学,重点中学就要靠升重点大学的人数来撑牌子。学生进入高中的第一天,我这个班主任就给他们郑重宣布:从今天起,你们每一天要想的,就是如何在三年后升入重点大学;你们每天要做的每一件事,都应该有利于向重点大学的校门靠近。

没办法,新生还未入校,学校就给我们接新班的班主任下达了三年后学生升学的指标,尤其是升重点大学的指标。班主任的奖金、晋职晋级与该班的升学指标息息相关。因此,我这个班主任的任务除了上好我的语文课、紧密团结好其他高考科目的任课教师外,就是敦促我的学生朝升重点大学的目标迈进,也就是不折不扣地执行我开学时说的那句话。

然而,话虽那么说,一个班五十个学生总有一些人把我的话当耳旁风,或者在执行的过程中偷工减料。这些学生慢慢地自然成了班里的落伍分子。作为班主任,我是最讨厌这种学生的。我会先耐心教育,可一旦发现有些落伍分子"无药可救"时,我的耐心也就没了。我就只好以一种万分厌恶、甚至仇视的目光看他们。

吴松原是一个头脑聪明又很听话的学生。从高一到高二第一学期成绩一直排我班的第一、二名,全年级的前五名。吴松成了我这个班主任的希望和骄傲,所以,我一直宠爱着他。在我的计划中,我已将吴松列为名牌大学的苗子。

　　可是,在高二第二学期的期中考试中,吴松竟突然落到了班里第三十三名。这情况大大出乎我的意料。

　　见到吴松的成绩单,语文成绩最差,仅52分。

　　吴松这棵苗子要是倒了,我这个班就完了,我这个班主任也完了。

　　我找吴松私下谈心,谁知他竟一副满不在乎的样子:"我的学习跟不上了,我也不想考什么大学了……"谈了几个晚上,毫无效用。以后上我的语文课时,他总耷拉着脑袋,一副萎靡不振的样子。我提醒过几次,他也爱理不理,作业也做得一塌糊涂。问其他科老师,都说那小子没救了,语气中都有一种恨铁不成钢的不满和惋惜。

　　到了高三上学期期中考试,吴松竟又落到班里倒数十名之列。这次倒在我的意料之中,我也对他彻底失去信心了。这么个不争气的东西,我还管他干啥?

　　这以后,吴松也成了我的眼中钉、肉中刺。"小灶"当然绝不给他开了,高考"催肥剂"也不会喂给他了。

　　吴松也成了我经常挖苦、讽刺、嘲笑的对象之一。吴松终于变成了死猪不怕开水烫的吴松。我已经将吴松划出了我班能升学的学生名单。

　　高三最后一个学期主要就是做高考演习训练,在第一次高考模拟考试时,吴松竟一下子考了个全班第五名。这简直令我大吃一惊。他成绩有误?但经每科老师复查卷面后各科成绩均无差错。

我不明就里,但也没露声色,既不表扬,当然也不再挖苦、讽刺他了。

到了第二次模拟考试时,我特别叮嘱监考老师要注意吴松,可几堂考试下来没发现任何异常。成绩出来后,吴松总成绩为全班第一,全年级第二。这突如其来的变化不仅令我这个班主任难以置信,校领导和其他老师也困惑不解。

我决定探个究竟。

我非常亲热地将吴松叫到我办公室,给他让座,为他倒水。岂料,未待我开口,吴松先就突然质问了我一句:"彭老师,假如我的成绩仍是后十名,你还对我这么好吗?"我怔怔地看着吴松,不知他葫芦里卖的什么药。

尽管我表现出极度的热情和善意,但吴松就是不领我的情,反而时不时用一种蔑视的语气刺激我。尽管如此,我对现在的吴松已没有丝毫的嫌恶和不满了。我想感化他,我想探出他的秘密,但几轮"谈判"均未有结果。

没想到,高考结束后,吴松不请自来找到我说:"彭老师,你想知道我前两学期为啥考得差吧?我告诉你,那全是我有意装出来的,就是想看你对成绩不一样的学生的不同态度⋯⋯"

啊,我一下子惊呆了,也猛然醒悟了。

这是五年前的事儿了。从此心后,我一直紧紧记着我的学生吴松的那句话。

幸？不幸？

那天，一个年轻人突然撞进我家，手里提满了大包小包的礼品。可我根本不认识他呀。

我是一个无权无势的穷教师，竟还有陌生人给我送礼。我好生奇怪。

那青年一进门就自我介绍说，他叫肖强，是我的学生，早就想来拜访我，可这些年一直在国外没有机会。这就更奇怪了，在我印象中，没有叫肖强的，更没听说有出国的学生呀。

"彭老师，您是我一生中最值得尊敬的一位老师。"那青年边说边拿出一沓崭新的百元钞票往我手里塞，"彭老师，这一点儿小表示，不成敬意……"

"别、别、别，"我后退不迭，"我好像没教过你呀！你是……"我一下子警觉起来。

"您确实没亲自教过我，但您比教过我的老师更值得感谢。"年轻人的语气很真诚。

接下来，那自称肖强的青年讲出了一件令我匪夷所思的事儿。

我是从这所学校考上大学的。然而，我当年进这所重点中学不是考上的，而是缴高价进来的，为的就是考上大学。哪知道进校的第一天，学校要进行入学编班考试，说是考得好的进实验班，也就是快班，否则便进普通班，也就是慢班、差班。凭我的成绩，参加考试肯定进差班无疑。进了差班也就等于升学无望了，可我还比别人多缴了上万元的钱，我当时非常想不通。更让我难受的是，当时我家非常穷，是我哭闹着央求父母去东凑西借筹钱缴的高价呀，要是三年后考不大学让我如何去向含辛茹苦的双亲交代啊！

可是，钱已经缴给学校，不可能退了。我只好听天由命了。

非常幸运的是，那次分班考试让我遇到了一个好的监考老师，就是彭老师您。第一堂考试前，您一走进我们考场就不满地说："升学考了，还要翻来覆去地考，分快慢班本就是违背教育规律的事儿；学校既然要考，你们就好好考吧！"几堂考试，您基本上就没怎么管我们了。恰好我的前排是我初中的同班同学，他的成绩非常好。在那同学的"帮助"下，我最终考进了实验班，而且成绩还是前十名。进入实验班后，我受到了各科老师的重视。我是一个自尊心和进取心极强的人，为了不让老师们看出我是混进实验班的，我不得不花上比别的同学多一倍的时间和精力来弥补自己的不足。没想到通过努力，我的成绩还真赶上了别的同学，三年中几乎一直保持在班级前十名的位置。后来我终于考上了上海同济大学，毕业后又到美国留学了几年，现在回来做一家外资企业的首席代表。

"彭老师，"讲到这里，肖强说，"真的，要不是那次考试遇到您监考，我肯定进差班，也肯定上不了大学。我知道我们那一届的差班学生一个也没考上大学。"顿了一顿，肖强继续说，"彭老师，不瞒您说，当时我们还以为您是不负责任哩，在国外生活了这么多年，我才知道您才是一个真正懂教育的行家。"

我真是一个懂教育的行家吗？

其实,肖强刚一说分班考试,我就想起来了。那是我们学校第一年开始分快慢班。是的,我当时是极为反感学校这样分班,可那完全是出于自己的私心考虑。因为我那时刚从大学出来不久,学校安排我担任那一届一个班的班主任。因为我是新教师,便要我接普通班,心高气傲的我虽极不愿意但又不能拒绝。之所以会那样监那次考试也完全出于对学校的一肚子怨气。只有自己清楚,那是极端不负责任的表现。

"彭老师,您真是我的恩师,所以,您无论如何得接受学生这点儿感谢……"

我终究没能推脱掉肖强的"感谢"。然而,我心里真不知是什么滋味。

自己的不负责任无意中成就了一名学生的美好人生,幸还是不幸?我一直没想明白。

改选班干部

星期天,本该休息,我却窝在家里批改学生的作文。刚改完正要出门去活动活动,忽然想起今天晚自习改选班干部的事儿来。

一想起这届班干部我就头疼。说实在的,当了这么多年班主任,我还从未遇到过这种情况。抽烟、喝酒、逃课、赌博、打架在我们班无所不占,无日不有。我们班也因此而在全校臭名昭著。更令人不可思议的是,我们班的丑事都发生在那伙班干部身上。用一个当今常用的媒体术语讲,我们班的班干部可谓集体腐败、全军覆没,没一个不负案在身。而这一切都要归咎于班长王军的带领和唆使。说得过分一点儿,王军与其说是班长,不如说是黑社会老大。

当然,这是我刚接手的高一新生,以前对他们不太了解,当初只是看王军个子高大,又能说会道,有领导能力,才指定他当班长。好在当初我有言在先,半学期后要改选班委。

只是有一点值得我欣慰,以王军为首的这届班委对其他同学的管理是卓有成效的。事实上,他们对其他同学的要求与对他们自己的要求简直就是两个极端,他们要求其他同学要不折不扣地遵守校规班规。就像古人说的,只许州官放火,不许百姓点灯。迫于班干部的粗暴与高压,同学们可以不听我这个班主任的,但不能不听班干部的。正因为如此,两个月来,我们班其他同学几乎没一个有越轨行为。

正因为这点,我对其他同学省了很多心;也正是因为这点,我才一直没有下定决心提前改选这一届腐败(但有能)的班委。但由于学校的反映越来越强烈,加之半期已过,再拖下去我没法儿向学校交代,也没法向自己交代。

班委的改选已是时不我待、势在必行了。

王军说什么也不能再当班长了。

"到底谁来当这个班长呢?"从这届班委的腐败中得出教训,班长的人选特别要慎重考虑。翻着半学期记分册上的名字,我将一个个名字与他们平时的表现及其能力联系起来,一一在我脑海里重复放映。当班长要看表现和能力,也得参考学习成绩。

正当我抓耳挠腮的时候,房门砰砰砰地响了起来,有人敲门。开门一看,正是王军。我吃了一惊。

好家伙,来得正好。我正要找你谈谈撤职的事儿哩。

"彭老师,不让我进来吗?"看我两眼直直地瞪着他,王军问道,仍是一副吊儿郎当的样子。

进屋后,王军将一包东西往我的茶几一搁,便咚的一声重重地坐在我那快要散架的沙发里。

"王军,你提的什么东西来?"看到王军一副大模大样的样子,我不由斥问道,"我可把话说在前头,你想拿东西来贿赂我是根本办不到的。"我思忖王军或许已经知道班委改选的事儿了。但这次无论如何也动摇不了我改选的决心。开门时我没见他手里提着东西,否则,我肯定不会让他进屋的。

"彭老师,您想哪儿去了? 您也把您的班长想得太坏了吧?"说着,王军漫不经心地打开黑色塑料袋,一个精美的盒子露了出来,"你看,我可是物归原主来了。"

看着那似曾相识的盒子,我疑惑了:"你……你这是……"

"怎么,彭老师不认得?"王军说着又一下子将盒子揭开,两瓶精装茅台便赫然展现在我面前,"彭老师,您看,这是什么?"

"啊……"看着王军手里展开的东西,我突然惊得说不出话来。

那是一张纸条,纸条上写着几个大字:王局长,我评职称的事儿烦您多费心了!

那字条当然是我亲笔写下的。这张字条便又勾起了我的气恼与伤心。

那是去年这个时候,为了我那职称的事儿,我在第三次去求王局长时写下了这张字条。学校够评中级职称的老师很多,可每年分配的名额却很少。校领导便说,只要你们各自能去弄到名额就可上。老师们便各显神通,直接跑人事局去要名额。结果是许多与我同年参加工作或比我晚参加工作的同事都评上了中级甚至高级,而工作近二十年的我还死死地守着一个初级,工资上不去不说,连在同事面前说话的底气都没了。原因不在于我的工作能力差,是因我没有路子。以前也曾托人去找过两次王局长,可都没有结果。为吸取教训,第三次我便忍痛花了六百多元买了两瓶茅台,又写下一张字条。最后茅台连同字条一并装入专门买来的礼品盒内封好后托熟人给王局长送去了。可时间过去一年了,我仍未见那中级名额的影儿。

现在竟有人当面揭我的短、出我的丑,而这个人偏又是我的学生,我不由得不恼羞成怒。于是我忍不住大声对王军怒喝道:"这是从哪儿来的?"

"从我家里拿来的呀!"王军有点儿惊讶,但仍面不改色地笑嘻嘻地说道,"彭老师,您别恼啊,我也是不久前从我家里无意中发现的,我这不拿来还您了吗?"

"你……你爸是……"

"王天成,人事局的王天成。"王军全然一副神气活现的模样。

"哦……"此时的我再无话可说。

我还能说什么呢?

见我突然闭口不言,一副垂头丧气的样子,王军又开口说:"彭老师,只要有我,包你的职称没问题!"

我仍无话可说,我还要说什么呢?王军可是我的学生啊!

许是觉得无趣,王军便起身告辞。奇怪的是我也不由自主地站起来送王军出门。没想到,王军刚走到门边时又回身问我说:"彭老师,今晚您还要改选班委吗?"

"唔……啊……"我的嘴巴张了又张,但不知怎么回答,最后只听我自言自语地说:"太可怕了,太可怕了!"

"彭老师,您怕什么?"

"哦,没什么,你走吧,走吧!"可事实上我真有一种害怕的感觉。

倒不是怕我的职称没着落,我想,我的学生为何成了这个样子?我们的教育到底怎么啦?

从此以后,我一直苦苦地思索这个问题。

王刚的冤案

汪洋一回到家便大吃一惊,家里一片狼藉,而且刚买回来的大屏幕纯平彩电、电冰箱、洗衣机、电脑乃至微波炉等都不见了,抽屉里的10万元存款也不翼而飞了。汪洋赶快打电话问在另一个小城的女友吴芳,吴芳说,我没来过呀!

这些电器都是汪洋为结婚准备的呀。女友吴芳为结婚的事儿催过他好几年了,可汪洋一直拖着,就是因为自己还未将该准备的东西准备齐。吴芳在那个条件很差的小城工作多年,他不仅要婚后将吴芳调过来,还要为她营造一个安乐窝,以补偿她那些年受的苦。汪洋觉得这是一个男人应负的责任。两年前,汪洋买下了这一套位于市中心的房子,接下来又用两年时间,才好不容易将一切置办齐全。眼看出差回来就临近春节,春节他和吴芳就可以欢欢喜喜入洞房了,哪知,汪洋出差才一个星期就……汪洋一气之下立马报了警。

警察查来查去查到了一个名叫王刚的人身上。

王刚何许人也?就是与汪洋同一单元门对门的邻居。直到在公安局碰面这天,汪洋和王刚才互相知道他们是邻居,而且都是两年前搬来这幢新楼的。

王刚虽然矢口否认自己有偷盗行为,可汪洋的防盗门以及室内到处都留有的王刚的指纹却是铁的证据。

接着王刚便讲了如下一件事儿:

那天中午,我下班回家时,看到单元楼下停着一辆双排座货车。我上楼正准备开自家门时,便听到对面一个小伙子着急地说:"搬家的车都叫来了,钥匙却放在屋里了。"我回过头去看,那小伙子便请我帮帮忙。我以前也遇到过几次类似的情况,有一些经验。我便过去帮助那小伙子。门开后,小伙子便朝楼下吼:"搬东西的,快上来吧!"于是,四五个"棒棒"模样的人便上楼来了。这时我也与小伙子搭上了话,小伙子说,这房子好是好,就是窄了点儿,他在市郊另买了套大的,这房子准备卖了。

小伙子见我也是一个年轻人,便请我帮着搬点儿东西。我也没迟疑,便与那几个"棒棒"一起搬起东西往楼下车上送,小伙子便在屋子里翻箱倒柜。

事后,那小伙子感谢说,本想请我去喝酒,但因忙着搬家,便给了我50元钱,还说以后一定请他,临走还给我留了一个电话号

码。人家不过一句客套话,当然用不着当真。再说,这几天,因公司事儿多,我也就将这事儿给忘了。

今天与邻居一见面,王刚才知道,那天搬家的小伙子根本就不是主人,而跟那几个"棒棒"是一伙盗贼。这让王刚又想起一个细节,那天那几个人都戴着手套,那天天气确实很冷,王刚也没觉得奇怪。王刚因没来得及进自己家门便去帮忙,就没戴手套。所以汪洋家室内只留下了王刚的指纹。

尽管王刚讲得无懈可击,但提供不出任何人证、物证,警察和汪洋也只好认为王刚在编一个生动的故事。

虽然王刚大呼冤枉,法律也丝毫不同情他。最后,法院依法判处王刚有期徒刑七年。

一年后,警察捣毁了一个入室盗窃团伙。那团伙的头目承认了他们犯下的一切案子,至此,王刚的罪名才终于被洗清。

无罪释放出来的王刚说的第一句话是:"怪只怪我连自己的邻居都不认识。"

到市政府家属院拍照

业余时间,除了给报刊写点儿"豆腐块",我最大的爱好就是收集各种鸟类的照片。前几年,我经常在周末和节假日,背着相机上山下乡去拍鸟。可这些年来,视线内的鸟儿越来越少了,我那"鸟照相机"也好久不使用了。那晚,偶尔从本地电视新闻里看到,市政府家属院内来了一群仙鹤,说是一种珍贵的鹤类。看着那一只只雪白的仙鹤在电视里飞来飘去,播音员说这已成了本地一大独特景观,市政府领导及其家属们把它们当作珍贵的客人。

听了新闻后,我早已淡漠的"鸟神经"一下子复苏而兴奋起来了。

一周后恰好是五一长假,我再一次翻出我的"鸟相机"作好临战准备,打算好好拍拍那群"珍贵的客人"。五月一日那天,我背着相机径直去了市政府家属院。因写稿子,我在市里还算有点儿名气,市政府也常去,可这家属院还是头一次光顾。沐浴惯了"光灰城市"的我,去了后一下子就感觉到什么是"风景这边独好":只见那宽敞的院子里,花园、廊亭错落有致,曲径通幽;喷泉、花草相映成趣,应接不暇;空中鸟儿飞,池里鱼儿游。尤其引人注目的是院中那棵浓荫如盖的黄桷树,仿佛一巨型绿伞荫蔽着那一幢幢漂亮的白色小洋楼。真是一处人间仙境啊!难怪仙鹤会找到这里。如今,浓荫上面那一群飞来飞去的白色仙鹤,恍如一片片白云飘浮在大院上空。

为了更好地拍摄,我爬上黄桷树,选择了一个好视点,调试好照相机,准备随时抓拍一些瞬间镜头。

哇,正好有两只仙鹤卿卿我我地依偎在一起,不用说,它们是夫妻俩。我立马将镜头对准,咔嚓一声摁下快门……

"喂,干啥的?"哪知,这时树下突然传来一声紧张而不失威严的吼叫。我吓了一跳,差点儿拿不稳相机了。寻声往下看,我从绿荫空隙中发现一个人影晃动着,行动极为诡秘,显然是被我照相机的闪光灯给吓着了。莫非是小偷?

都说小偷喜欢偷当官的,吓走了小偷,市政府的人还得感谢我哩!

可奇怪的是,接下来,我不断地发现下面花园里的曲径上有人晃来晃去,虽看不太清楚,但绝不会是市政府领导或者家属,因为都是一个人,不声不响地走来走去。之后又有两个人,这两个人被我的闪光灯吓跑了。不会还是小偷吧?大白天的,咋会有那么多小偷?这家属院不是有保安值勤吗?

哪知,当我疑惑还未消除,正抓拍第五个镜头时,突然有两个穿制服的保安出现在树脚下,指着树上的我厉声吼道:"你在树上干什么?赶快下来……"

在保安的强令下,我不得不快快地从树上下来。保安不由分说将我带到门卫值班室:"这里不准拍照,知道吗?"并强令我交出胶卷。我说:"我就拍几张仙鹤照片,这不,我刚才还帮你们赶走几个小偷呢!""谁说我们这里有小偷?"门卫不但不听我解释,最终还强行搜去了我辛辛苦苦拍摄的胶卷。

没有办法,我只好晚上去偷拍,好在晚上也可以拍一下仙鹤的生活。第二天晚上,我逃过门卫的眼光,偷偷钻到了那棵黄桷树上。晚上光线暗,我不得不将闪光灯开得更大,哪知,当我正在拍一对仙鹤夫妻睡觉的照片时,树下又传来一声怒喝:"谁?"又一个人影被我吓跑了。

接下来我才发现晚上的市政府家属院里更是热闹,倒不是声音热闹,恰恰是在无声之中,花园各条小道,不时穿过一个人影。

那一晚,我又一次被保安带到了值班室,他们又一次强行要我交出胶卷,庆幸的是,我早已将胶卷转移了。

五一长假过后,到单位上班,我正要向同事们炫耀我的非凡战绩时,局长突然要见我。

更没想到,我一进办公室,局长便对我一阵吼:"你小子胆子不小哇,啊！竟敢跑到市政府家属院去捣乱！把你拍的照片拿出来吧！"

好在胶卷早已冲洗出来了,我只好将底片交给局长。

之后不久,就听说市政府家属院里那群仙鹤被赶走了,说是仙鹤的叫声常常影响市政府领导休息,仙鹤的粪便影响市政府家属院的卫生,还有人借拍仙鹤为名,干扰了市政府领导的正常工作。

有一天,市政府传出内部信息说:真正原因是那拍仙鹤的人别有用心地要借拍仙鹤而拍摄市里领导去拜访市政府领导的照片。

签名售书

写了多年的诗,发了不少,就是没有一本自己的诗集。

好不容易自费出版了一本书,到街头来一个签名售书,以为别人看着诗人的面子也该照顾几本,可守着书摊坐了半天也没一人光顾,人们一看"××诗人签名售书"的字样都像看到什么怪物一样避而远之。

我心里正烦闷着,突然听到"追小偷"的呼喊声。一看,一个年轻女子正指着前面跑着的一个小个子男人大喊大叫,那男人手

里正攥着一个女式包包。

光天化日之下抢劫,那还了得!

诗人的正义感让我容不得思考,我起身就追了上去。追过一条街,终于追上了,我一把抓住那抢包的贼:"快把包放下!"

没想到那贼还理直气壮地向我恶声说道:"你凭什么呀?"

"凭什么……你……"我愤怒了,一把扭过那贼的双手。

"快放了他!"正要押那男人去派出所,那喊"追小偷"的女子也赶来了。

"你不是说追小偷吗?"我疑惑道。

"他是我老公!"女子说。

"你……"想说她神经病,不过没说出来。

那男人解释说,老婆拿钱去赌博,他出来将老婆的钱包给夺去了,没想到老婆会喊抓贼……

真晦气!

悻悻地返回我的书摊,突然发现我的书摊前站着许多人,我以为生意来了。走近一看,几个"大盖帽"正将我的书往一辆垃圾车丢。

"你们干什么?"我气愤极了。

"无照经营,乱摆摊点,没收!"一个"大盖帽"说道。

"你们知道我是谁?我可是本市作协的诗人××!"我边说边去抢救我的诗集。

"诗人?这年头诗人都是疯子,"两个年轻的"大盖帽"将我擒住,像刚才我抓那个男人一样,"你再胡搅蛮缠,把你关进局子去。"

就这样,一千册诗集全被"销"出去了。

田老汉的家庭会

天未黑,田老汉在城里教书的大儿子田春便来到我干活儿的地头,叫我晚上到他家去。不用说我就知道,又是要我去参加他们家的家务会。具体说,就是解决田家几弟兄对田老汉抚养的问题。田春一开口,果真是这样。

俗语说:清官难断家务事。对田老汉的家场事,我这个村支书真伤透了脑筋。这几年,每到年底的时候,我都要违心地去参加他们的家庭会。说是家庭会,不如说是扯皮会。田老汉每年都要他的四个儿子每家给他五百元生活费。几个儿子的小家庭贫富不均,这个儿子认了,那个不应;要田老汉降低标准嘛,老头子也死活不让步。因此,那每一年的家务会,不扯一个通宵是扯不出结果来的。今年,据说田老汉又新娶了个老伴儿,这事儿本来就曾遭到几个儿子的坚决反对,看来今晚更有皮可扯了。

不去嘛,田老汉和幺儿子田冬一家又是我村里的人。当然仅凭这点我还不一定揽他这桩麻烦事哩,更重要的是田春与我小学、初中都坐同一张桌,关系一直挺铁的。

唉,去就去吧,我权当去做一个见证得了,扯皮就由他们自己扯去好了。

会场照例设在田老汉住的堂屋里。进屋后却没闻到往年那股刺鼻的霉臭味了。我有些奇怪,下意识四下瞅了瞅,印象中的

脏乱样儿不见了。我放心大胆地吸了一口气,一股香喷喷的味儿扑鼻而来。我忽然感觉田老汉的家真正像家了。唉,有女人的家才真算家!

正有点儿惊喜,蓦然发觉会场气氛有些紧张:田老汉和他的新老伴儿乐颠颠地忙着端茶递水,笑呵呵地招呼大家剥糖削水果;他的儿子、儿媳们却一个个阴沉着脸,不动手也不出声,只用一种疑惑而怪异的眼神打量着他们热情洋溢的后妈。的确,往年开这会哪有这等待遇,我这个局外人都觉着奇怪。

"多半是那老婆子的鬼主意,想先给我们点儿甜头尝尝,哼……"性急的田冬禁不住气鼓鼓小声嘀咕道。

会议开始,照例由田老汉致开场白。没承想,老头子竟又出新招,居然拿出一张发言稿念了起来:

"……分家五年来你们四个小家庭每年给了我五百元生活费。正如你们说的,我一年确实花不完两千元。实际上,我每年只花了一千二,其余的我全存了下来。五年中,我一共存了四千元。今年,我用这四千元做投资,种了两亩小菜,喂了十头肥猪,共获纯利一万一千元,明年收入可能还要增加。也就是说,从今年起,我不再要大家出钱了。但这每年的家庭会还得继续开下去。我要将'要钱会'开成'发奖会'。今天晚上,我就是给大家发奖的。"

念到这里,田老汉停下来看了看他的儿子和儿媳们后,接着念道:"大儿子田春和媳妇今年都得了'优秀教师'的称号,我要奖一千元;二儿子田夏和媳妇在工厂被评为'生产能手',奖励一千元;三儿子田秋家虽然最富最有钱,但他们今年也得了个'优秀个体户'称号,也要奖,我仍要奖一千元;四儿子田冬平时爱打麻将搞赌博,没得奖,但他媳妇李英在家辛勤操劳,庄稼获得丰收,奖给五百元。"

念完后,田老汉盯着大家问:"大家看这样合理不合理?"

田老汉的儿子、儿媳们先是处于一种似醒非醒、似梦非梦的状态,听田老汉这一问,才猛然一惊,齐声说道:"您老人家挣来的钱我们怎么能要呢?您就自己拿着将生活过好些吧!"

"别说了,我的主意已定,再说,钱我生不带来死不带去,再吃也吃不完的。我这样做,就是要让你们都有出息。田冬如果明年改好了我也可以给奖励。"

"爹……"儿子、儿媳们脸上已显露出愧色了。

"好了,你们就不要说了。最后我要跟你们说的是,我准备给你们出嫁的小妹发一千元的奖。不说你们也晓得,你们小妹给我介绍了一个老伴儿。为这事儿你们当初都对小妹不满,但我要是没这个老伴儿,就没有今天。其实,今晚这会还是她出的主意哩。你们说,小妹该不该奖?"

"爹……妈……我们真惭愧呀……"说着,儿子、儿媳们纷纷起身去围着"爹"牵着"妈",你一言我一语地说这说那……

看来,今晚的家庭会该结束了。整整一个晚上,我这个被请来的村支书竟没说话的机会,感觉自己真是个多余的局外人。

趁着他们一家子热热闹闹之机,我悄悄溜出了田老汉的家……

王老师治病

这些天，王老师仍是没日没夜地咳嗽。虽然他想尽办法不让老伴儿知道，但咳嗽声还是常常将老伴儿从梦中吵醒。

看到王老师咳得厉害，老伴儿怨恨地骂道："该死的医院，五百块钱，都查的什么病啊。说没病，咋还老是咳呢？"光骂医院也不顶用，骂过后还唉声叹气，"老王啊，过几天我把圈里那头猪弄去卖了再让你进城去看看吧。你这样不吃不喝光咳咋行呢？你可是咱家的顶梁柱啊！"说着说着就掉下泪来。

看到老伴儿那个样儿，王老师心头越发难受了。但他只好说："也不能怪人家医院。"

是啊，咋能怪医院呢？

那天，老伴儿把家里积蓄的五百元钱全都给了他，要他去县城查查病。那五百元，除了他的工资还包括老伴儿辛辛苦苦养一季蚕茧的赚钱，老两口儿原筹划着给儿子娶亲用的。没想他那几天咳嗽不止，在乡场弄了几副药不顶事，反倒越咳越凶，还咳出一摊一摊的血来。老伴儿只得催他去县城大医院看看。在县医院拍片才发现左下肺有一结核。

王老师拿到透视结论单时正好医院中午下班，只能等下午再来找医生开药。县城没啥熟人，王老师没地方去，便沿着大街东逛逛西瞧瞧，不知不觉就来到了城外的河边。

春夏之交的河边,惠风拂面,柳枝飘动,河岸三三两两的游人正舒适地享受着阳光的抚爱,几个不怕冷的毛头小孩正在河里打闹。这样的景致,这样的悠闲,在山村小学教书多年的王老师哪曾享受过?此时此刻,王老师的心里有一种说不出的轻松愉悦,似乎病也好了许多,不怎么咳嗽了。

突然,一阵"救命"的声音刺入王老师耳鼓,回头一看,河里那群孩子正在惊慌失措地呼喊。

有孩子被淹了!

河边的游人都围过去了。王老师也三步并作两步跑了过去。正要脱衣服,却被一阵猛烈而急促的咳嗽止住了动作,随后,一口鲜红的血从嘴里喷了出来,眼前也随即天旋地转起来。王老师硬撑着看着在河里吓得团团转的孩子和岸上冷眼观看的人群。见围观者没有任何行动,王老师只好大声吼道:"快呀,救孩子!快下去救孩子啊!"

"谁拿五百元钱,我保证下去!"一个年轻人站了出来。

"又不是自己的孩子,哪个愿拿五百块出来!你做梦吧。"另一个围者答道。

"我这儿有五百块钱,快去救孩子吧!"王老师将藏在夹袄里的钱摸了出来……

孩子终于得救了!

回到家,王老师只好撒谎说,医院查病花了五百元钱,结果没啥病就不用治疗了。

哪知他咳得越来越严重了。他知道,在河边看到的那一幕,使他现在除肺上的病,还添了一块祛不除的心病。

正在王老师咳得最厉害的时候,这天,儿子意外地从乡场取

回一张汇款单来,一同取回的还有一封信。汇款单上的数额是一千元,信很短:王老师,那天,在您给我的五百元钱中,没想到夹了一张病历单。后经多方打听才得知了您的情况。猥琐的我无颜面见您。请原谅我,只能以书信一封略表敬意。随信寄来一千元,有五百元是我还您的,还有五百元是给您老治病的。我知道,仅这点儿钱无法疗救我精神的贫血症,但请您相信,类似的事儿绝不会在我身上再次出现了!

"你呀,我就知道……"听儿子念完信,老伴儿埋怨王老师道。

"别说了,我的病真的好了!"王老师嬉笑着对老伴儿说。

果然,刚才还咳嗽不止的他竟奇迹般地不咳了!